로크미디어가
유혹하는
재미있는 세상
ROK
MEDIA
로크미디어

아이템
매니아

아이템 매니아 9

2018년 2월 6일 초판 1쇄 인쇄
2018년 2월 9일 초판 1쇄 발행

지은이 오메가쓰리
발행인 이종주

기획 팀 이기헌 왕소현 박경무 이승제
책임 편집 최이슬

발행처 (주)로크미디어
출판등록 2003년 3월 24일
주소 서울시 마포구 성암로 330 DMC 첨단산업센터 3층 314호
Tel (02)3273-5135 **Fax** (02)3273-5134
홈페이지 rokmedia.com **E-mail** rokmedia@empas.com

값 8,000원

ISBN 979-11-294-2939-1 (9권)
ISBN 979-11-294-0457-2 04810 (세트)

아이템 매니아

9

오메가쓰리 퓨전 판타지 장편소설

contents

Chapter 1 7

Chapter 2 41

Chapter 3 79

Chapter 4 119

Chapter 5 153

Chapter 6 191

Chapter 7 225

Chapter 8 263

Chapter 1

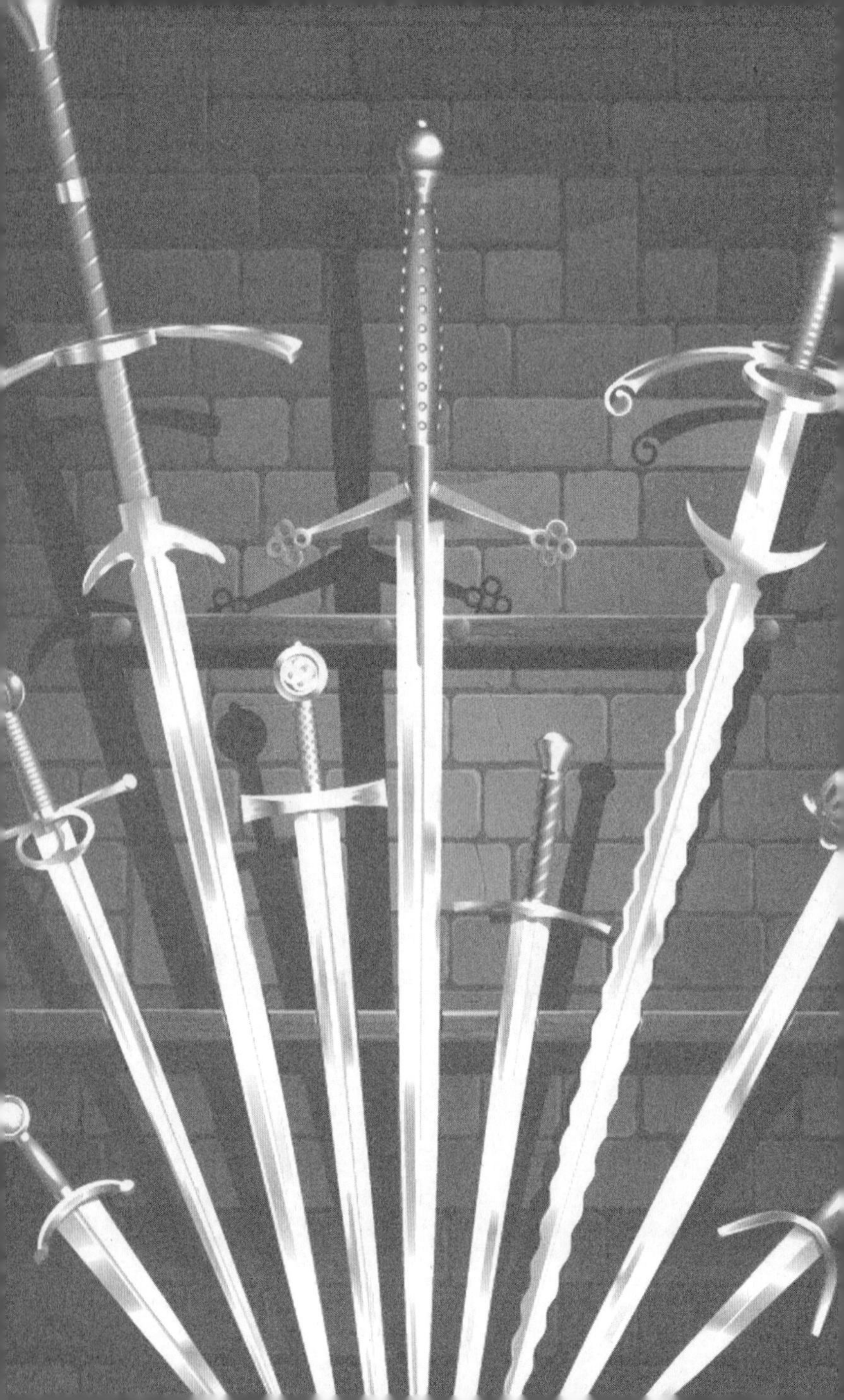

신살에 대한 관심을 거둔 정훈은 곧장 하얀 매, 흐레스벨그를 향해 날아갔다.

라타토스크도 까다로운 녀석이긴 하지만, 강풍을 생성해 움직임을 방해하는 흐레스벨그가 1순위로 처치해야 할 녀석임에는 분명했기 때문이다.

쿠콰콰콰!

하지만 그의 접근을 눈치챈 녀석이 곧장 강풍을 생성했다.

몸을 제대로 가누기 힘든 강풍 속에서 강철과 같은 깃털이 섞여 날아왔다.

스슥.

용광검과 엑스칼리번이 요란한 궤적을 그렸고, 수천 개의 강철 깃털은 수십 조각으로 나뉘어 정훈의 곁을 스치고 지나갔다.

몰아치는 강풍을 뚫고 녀석을 향해 나아간다.

"삐익!"

하지만 영악한 하얀 매는 긴 울음을 남겨 둔 채 그 자리를 벗어난 상태였다.

한 번의 날갯짓으로 수십 킬로미터를 날았다. 정훈의 순발력이 더 뛰어나다곤 하나 강풍으로 인해 영향을 받을 수밖에 없었기에 그 움직임을 따라가는 건 무리였다.

"달려라, 슬레이프니르."

하지만 마냥 지켜보진 않는다. 그에겐 이 거리를 단숨에 좁힐 수 있는 수단이 있었다.

히히히힝.

주변으로 모여든 붉게 물든 안개가 말의 형상을 취했다.

잠시 후 모습을 드러낸 건 일반적인 말과는 다른 존재였다.

풍성하게 기른 핏빛 갈기, 쭉 뻗은 8개의 다리를 자랑하는 그것은 슬레이프니르.

오딘의 애마로 널린 알려진 이 말은 저승과 지상, 그리고 아스가르드를 오갈 수 있는 명마 중에서도 명마로 꼽힌다.

일전에 방문한 신 아스가르드에서 얻은 것이지만 좀처럼 사용할 일은 없었다.

그도 그럴 게 이미 정훈에게는 그보다 더 좋은, 강력한 탈

것이 많았기 때문이다.

'여기에선 다르지만.'

하지만 이곳, 아스가르드에서만큼은 다르다.

슬레이프니르의 능력 중 하나가 아스가르드의 영역 내에선 이동 속도가 500퍼센트 상승하는 탓이다.

"가자!"

한 발 늦긴 했지만, 날아가는 흐레스벨그를 쫓았다.

휘익.

바람이 스치고 지나가는 순간 어느새 하얀 매를 눈앞에 둘 수 있었다.

강풍의 방해, 그리고 빠른 비행 속도를 단숨에 따라잡은 것이다.

500퍼센트가 향상된 슬레이프니르는 적어도 아스가르드에선 차원이 다른 영역을 자랑하고 있었다.

파파팟.

사위를 뒤덮는 하얀 깃털을 위기감을 느낀 흐레스벨그의 작품이었다.

"일점."

왼손에 든 엑스칼리번으로 깃털을 막아 내고, 오른손의 용광검으로 일점을 펼쳤다.

핏.

응축되고, 또 응축된 작은 점과 같은 기운이 깃털 사이를 비집고 들어가 흐레스벨그의 날개를 꿰뚫었다.

"삐익!"

응축된 기운은 날개를 관통하는 순간 커다한 구멍을 만들어 냈다.

구슬픈 울음을 토한 흐레스벨그의 몸뚱이가 태풍을 만난 것처럼 흔들리기 시작했다.

어느새 주위의 모든 깃털을 쳐 낸 정훈이 따라붙으려는 찰나였다.

콰쾅!

눈앞에서 일어나는 폭발에 정훈은 주춤할 수밖에 없었다.

신살에서 목표를 바꾼 라타토스트가 이그드라실의 열매를 던지는 중이었다. 강력한 마력을 품은 열매는 이 다람쥐의 손을 거치는 순간 강력한 폭탄으로 탈바꿈한다. 그것도 모든 방어력, 속성에 관계없이 치명적인 피해를 주는 종류의 것으로 말이다.

시선을 돌린다. 비틀대며 위태롭게 날아다니던 흐레스벨그가 어느새 정상을 되찾았다.

자세히 보면 관통상이 어느새 회복되어 있다.

'회복력 하나는 끝내주는군.'

이그드라실에서 지킴이들의 회복력은 상상을 초월한다. 며칠은 꼬박 상세를 회복해야 하는 치명적인 상처도 수초면 회복되는 것.

그렇기 때문에 회복할 틈을 주지 않고 쉴 새 없이 몰아쳐야 하지만, 다람쥐의 방해로 그럴 수 없었다.

콰아아!

주춤한 사이 다시 한 번 강풍이 몰아닥친다. 상세를 회복한 흐레스벨그, 그리고 라타토스크의 합공이 시작되고 있었다.

정훈이 막 흐레스벨그를 뒤쫓을 무렵, 신살 또한 니드호그와의 치열한 격전을 이어 가고 있었다.

치이익!

거대한 아가리에서 뿜어진 독액이 지면에 닿자 요란한 소릴 내며 녹아들어갔다.

거대한 구덩이가 생겨날 만큼의 강력한 산성독은 아무리 단단한 몸뚱일 지닌 이라 하더라도 한 줌 핏물로 화할 수밖에 없는 강력한 것이었다.

"조심해! 피했다고 다가 아냐. 독무毒霧가 생성된다."

과연 준형의 통찰력은 뛰어났다.

독액은 피한 것으로 끝나지 않는다. 타들어 가고 있는 지면에서 피어오르는 수증기 또한 강력한 독의 성분을 지닌 독무였다.

하지만 그와 같은 통찰력을 지닌 이들은 2차 피해를 생각하지 못한 채 독무를 들이키고 말았다.

"콜록!"

"끄으으."

다 죽어가는 신음과 함께 온몸이 검게 변색되었다.

1~2초 사이에 일어난 일. 어마어마한 중독성을 지닌 독이었다.

"회복술사들은 중독된 자들을 돌보도록. 천살은 나와 함께 녀석을 상대한다."

중독은 됐으나 아직 죽은 건 아니다.

준형의 명령과 함께 회복술사들이 중독된 자들에게 접근해 권능을 사용했다.

그 모습을 짧게 응시한 준형이 앞으로 달려갔다. 그와 함께 천살의 99명이 매서운 속도로 니드호그를 향해 쇄도했다.

"캬악!"

괴성을 지른 니드호그가 다시금 독액을 뿌렸다. 하지만 놀랍도록 빠르게 움직인 천살 모두가 영향권 범위를 벗어나며 특유의 형태, 천둔진을 펼쳤다.

"지살, 합류!"

준형을 비롯한 천살이 시간을 끄는 동안 1만의 정예 부대인 지살이 합류했다. 천살이 그린 천둔진이 아주 작은 형태라면 지살은 그보다 훨씬 큰 진을 그렸다.

고오오오.

그들이 내뿜는 기세가 니드호그를 압박했다.

아무리 현의 3단계 능력을 지닌 괴물이라 해도 천둔진으로 인해 더해진 신살의 기세를 가벼이 볼 순 없었다.

"캬아악!"

본능으로 그 위험을 알아차린 니드호그가 무언가를 털어내듯 몸을 떨었다.

프스스스.

비늘 사이로 숨겨진 기공氣孔에서 발생된 강력한 독의 안개가 사방으로 뻗어나기 시작했다.

녹색의 그 안개는 어딜 봐도 위험천만해 보이기만 했다.

"바람이 모든 것을 집어 삼킨다."

이 위급한 상황에서도 준형의 대처는 빨랐다.

양손에 쥔 거대한 부채. 파초잎 모양으로 만들어진 그것은 고대급의 소비 용품 중 하나인 파초선芭蕉扇이었다.

후우웅.

파초선을 부채를 아래에서 위로 휘두르자 거대한 소용돌이가 생성되어 독무를 하늘 위로 올려 보냈다.

본래는 상대의 공격을 되받아치는 용도로 사용되는 파초선을 새로운 방식으로 활용한 것.

그 재치가 빛나는 순간이었다.

"인살, 합류!"

미리 진을 치고 대기하고 있었던 인살마저 천둔진을 펼쳤다. 무려 20만 명이 펼치는 거대한 진법은 니드호그마저도 압도하는 강력한 기세를 뽐내고 있었다.

"출黜!"

신호에 따라 마치 하나가 된 것처럼 동시에 권능을 발휘했다.

그러자 놀라운 광경이 펼쳐졌다.

그들이 뿜어낸, 유형화 된 기세가 찬란하게 빛나는 황금빛 검을 만들었고, 이 거대한 기의 검이 니드호그의 몸통을 꿰뚫었다.

쿵!

세로로 갈라진 니드호그의 몸뚱이가 허물어졌다.

오딘의 경우엔 진법을 펼칠 틈도 없었고, 지형도 좁아 다수의 이점을 살리진 못했다.

하지만 이번에는 지형도 지형이거니와 몸뚱이가 큰 적을 상대했기에 보다 수월하게 진법을 활용할 수 있었다.

무려 20만 명의 능력을 극대화시키는 진법이다. 그렇기에 제대로만 활용할 수 있다면 니드호그와 같은 괴물도 능히 쓰러뜨릴 수 있는 것.

"휴우, 이번에는 손쉽게 쓰러뜨렸군요."

모처럼 활약을 한 덕분일까. 환한 웃음을 지은 대영과 제만이 다가오고 있었다.

"오지 마! 모두 자리를 지켜!"

쓰러진 니드호그에게서 눈을 떼지 않은 준형이 큰 소리로 외쳤다.

쩌어억.

그들은 곧 놀라운 광경을 확인할 수 있었다.

기의 검에 의해 갈라진 단면 사이로 뻗어 나온 촉수와 같은 것이 두 동강 난 몸체를 끌어당기고 있었다.

"키아악!"

마치 접착제로 붙인 것처럼 다시금 부활한 니드호그가 포효했다.

"쉬운 상대란 말은 정정해야 할 것 같군요."

그 경악할 만한 회복력에 눈을 동그랗게 뜬 대영이 중얼거렸다.

'언제까지 떠먹여 줄 순 없지.'

두 골칫덩이를 상대하고 있던 정훈은 신살이 어떤 곤란을 겪고 있을지 너무도 잘 알고 있었지만, 평소완 달리 어떠한 단서도 던져 주지 않았다.

누군가에게 의지하는 한 큰 성장을 기대하긴 어렵다. 스스로 난관을 헤쳐 나가야만 진정한 의미의 성장을 이룩할 수 있는 것.

그렇기에 정훈은 지금 그들에게 필요한 수련을 시키고 있었다. 비록 그 수련 중 많은 이들이 죽어 나간다 해도 관여치 않을 작정으로 말이다.

콰쾅!

라타토스크가 던진 이그드라실의 열매가 흐레스벨그의 광풍을 등에 업은 채 그 속도를 더했다.

물론 정훈은 이미 폭발의 범위 밖으로 몸을 피한 뒤였지만, 지속된 견제로 인해 흐레스벨그에게 접근하기가 어려운 상황이었다.

공중을 비상하고 있는 매가 아닌 다람쥐에게 시선이 향했다.

하지만 그의 시선이 머무르고 있는 곳에는 아무것도 없었다.

수없이 많은 세계수의 구멍에 몸을 숨긴 영악한 다람쥐는 마치 두더지 게임을 하듯 예측할 수 없는 곳에서 모습을 드러내곤 했다.

정훈이 해야 할 일은 다람쥐가 튀어나올 구멍을 예측하고 공격하는 것.

'어렵지 않지.'

다른 이들에겐 불가능한 일일지 모르나 적어도 정훈에게는 손쉬운 일에 불과했다.

지잉.

신경을 집중하자 극도로 발달한 감각이 그 영역을 확장했다.

공기의 흐름, 상대가 내는 움직임의 소리, 그리고 숱하게 치러 온 지금까지의 경험이 미래를 그린다.

콰아아아.

강풍에 숨은 수천 개의 깃털이 전신을 노리고 날아들었지만, 연연하지 않았다. 그의 신경은 오직 하나, 라타토스크를 향해 있었기 때문이다.

'여기!'

머릿속에 그려진 그림을 따라 용광검과 엑스칼리번을 찔렀다.

이점二占. 일직선상의 작은 점이 한 곳을 향해 맹렬한 속도로 나아갔다.

공격을 행한 즉시 춤을 추듯 검을 벤다.

강풍에 흔들리는 수천 개의 깃털을 모두 잘라 냈다.

히히힝.

앞발을 든 슬레이프니르가 힘찬 질주를 시작했다.

목표는 힘찬 날갯짓에 여념이 없는 흐레스벨그.

쉴 새 없이 견제를 펼치는 라타토스크에겐 일절 신경도 쓰지 않았다.

콰콰쾅!

그가 몸을 날린 즉시 폭음이 들려왔다.

등을 돌린 그의 뒤쪽으로 폭발에 휩쓸린 라타토스크를 확인할 수 있었다.

놀랍도록 정확한 정훈의 예측은 어김없이 라타토스크, 아니 녀석이 들고 있던 이그드라실의 열매와 충돌하며 폭발을 일으켰다.

끔찍한 모습의 고기 파편이 된 다람쥐는 세계수의 영향으로 빠르게 육신을 재생하고 있었지만, 어느 정도의 시간이 필요했다.

정훈이 노린 건 그 짧은 시간이었다.

콰아아아!

위기감에 더욱 강력해진 강풍을 몰아치는 흐레스벨그에게 쇄도한다.

삐익!

안간힘을 다 쓰는 듯 긴 울음소리를 냈으나 슬레이프니르의 속도 앞에선 무의미한 일이었다.

서걱.

강풍을 뚫고 흐레스벨그 앞에 당도한 정훈의 용광검.

강력한 화염의 기운을 품은 검이 한 쌍의 날개를 갈랐다.

삐이익!

구슬픈 울음을 터뜨린 하얀 매가 지상을 향해 낙하한다.

꼬댁!

이 상황에 느닷없이 등장한 건 치느님이었다.

물론 정훈이 의지로 부른 것도 아니었다.
녀석의 독단적인 선택일 뿐이었다.
"무슨?"
막 흐레스벨그에게 마무리 일격을 가하려던 정훈이 의아해 하던 바로 그때였다.
꼬꼬!
삐액!
답지 않게 거친 울음 소리를 토해 낸 치느님.
신기한 건 흐레스벨그의 반응이었다.
치느님의 등장에 놀란 듯, 당황한 듯 몸뚱일 바둥거리며 발악한다.
마치 포식자를 만난 초식 동물처럼 그 몸짓이 애처롭기 그지없었다.
어딜 봐도 닭인 치느님이 보일 행동을 흐레스벨그가 보이고 있는 것.
그 특별한 광경에 정훈은 행동을 멈추었다.
뭔지 모르지만 지금 나서면 안 될 것 같다는 감각이 느껴졌기 때문이다.
일반적이라면 모를까 이토록 강렬한 신호를 보내는데 무시할 순 없었다.
그리고 그 예감은 틀리지 않았다.
"삐이익!"

세계수의 지킴이, 현의 3단계에 이른 하얀 매 흐레스벨그가 치느님의 공격에 맥을 못 추는 것이었다.

그뿐인가. 놀랍게도 치느님은 그 작은 부리로 쪼아 가며 흐레스벨그의 몸뚱이 먹어치우고 있었다.

무려 1,000배 이상의 덩치를 자랑하는 매가 닭에게 당하는 광경은 참으로 독특한 광경이라 할 만한 것이었다.

"꼬끼오!"

치느님이 흐레스벨그를 먹어치우는 데 필요한 시간은 고작 1분이 넘지 않았다.

그야말로 순식간에 거대한 덩치의 매를 먹어치운 치느님이 하늘을 보며 힘차게 울음을 터뜨렸다.

드드득.

그리고 시작된 변화.

치느님의 작은 몸뚱이가 이리저리 뒤틀리며 괴상한 각도로 꺾였다.

깃털은 가시처럼 곤두서고 색은 더욱 붉게, 마치 피를 뒤집어쓴 것처럼 진해졌다.

처음에는 일반 닭보다 조금 큰 편이었던 몸뚱이도 부쩍 커져 닭, 아니 완연한 매의 모습을 갖추었다.

'이건 또 뭐야?'

갑작스럽게 벌어진 변화에 정훈은 치느님의 상세 정보를 확인할 수밖에 없었다.

치느님

종족 : 매 **성향 : 지원**
능력 : 탐식 (1/99)
……중략……
공복도 : 0퍼센트 **성장도 : 31/99**

'성장도가 올랐어? 그리고 저건…….'

지금껏 아무리 먹이를 먹여도 30에서 변화가 없었던 성장도가 31이 되어 있었다.

분명 어떤 방법이 있을 거로 생각했는데, 그것이 설마 흐레스벨그를 먹어치우는 것일 줄이야.

게다가 포악한 식욕이란 게 사라지고 그 자리를 탐식이 대신했다.

여러모로 장족의 발전이라 부를 만한 것이었다.

'이제야 감이 오는군.'

마치 엉켜 있었던 실타래가 풀린 듯한 기분. 그제야 치느님이 성장할 수 있는 단서를 찾았기 때문이다.

'곳곳에 치느님이 성장할 수 있는 먹이가 있고, 아마도 녀석들을 한계 이상으로 몰아세우면 그제야 먹어치우는 형식이겠지.'

흐레스벨그를 보자마자 덤벼들지 않은 건 특정 조건 때문일 터.

이계에 숨어 있는 치느님의 먹이를 찾아 죽도록 두들겨 패면 그제야 힘이 빠진 녀석을 먹는 형태일 것이다.

"치느님!"

삐익!

정훈의 의지를 읽은 치느님이 날갯짓을 했다.

우우웅.

다양한 종류의 기운이 정훈의 몸을 감쌌다.

'역시!'

조금 전과는 비교할 수 없는 강력한 힘이 느껴졌다.

치느님은 단순히 외형만 변한 게 아니라 부여하는 권능의 효과 또한 발전을 이룬 것이다.

"끼긱!"

이제야 육신의 회복을 마친 라타토크스가 괴성을 터뜨리며 이그드라실의 열매를 던져 댔다.

몸 안에 용솟음치는 기운을 만끽하던 정훈이 의지를 움직이자.

슈욱.

공간을 이동했다.

지금까지도 절대 느리지 않은 속도를 자랑했으나 지금과 비교하는 건 어불성설일 정도로 육신의 능력이 향상되었다.

치느님의 권능에 놀라는 것도 잠시…….

"이제 죽어라."

막 세계수의 구멍으로 들어가려던 거대한 다람쥐의 발을

베었다.

"킥!"

두 다릴 잃어버린 라타토스크가 엎어졌다. 하지만 그 잠깐의 순간에도 다리가 재생되고 있었다.

'목 속성엔 불이 제격.'

화륵.

용광검이 타오르며 불의 검으로 변했다.

사실 이그드라실의 지킴이들은 각기 다른 속성을 지니고 있었다.

흐레스겔그는 풍, 라타토스크는 목, 니드호그는 독이다.

이중 목의 상극이 되는 건 화.

상극이 되는 속성은 그 지독한 회복력을 지연시켜 주고, 더 큰 피해를 줄 수 있다.

거친 열기를 뿜어 대는 용광검을 휘두른다.

천지를 가득 메우는 그 궤적은 단 한 조각도 용납하지 않겠다는 듯 라타토스크의 전신을 갈랐다.

푸스스.

아무리 이그드라실의 생명력을 지니고 있는 지킴이라도 끊임없이 이어지는 상극의 공격엔 버틸 수 없었다.

결국, 라타토스크는 생전의 흔적 하나 남기지 못한 채 소멸을 맞이했다.

"캬륵!"

라타토스크의 흔적이 막 사라졌을 무렵, 고통에 찬 괴성이 울려 퍼졌다.

정훈의 시선이 괴성의 근원지로 향했다.

'호오?'

그리고 놀라운 광경을 확인할 수 있었다.

불사에 가까운 재생력을 지닌 니드호그가 한 줌 액체로 녹아내리고 있었다.

'용케 답을 찾았군. 그것도 빠르게.'

정훈으로서도 인정하지 않을 수 없었다. 비록 그가 두 마리 상대하긴 했지만, 거의 동시에 처치를 한 것이다.

지금까지의 신살을 생각해 보면 놀랄 만한 성장이라 할만했다.

날카로운 그의 눈동자가 독특한 진형을 갖추고 있는 신살을 훑었다.

명색이 현의 3단계에 이른 강력한 괴물을 상대했음에도 그 피해가 커 보이지 않는다. 아니, 사상자는 전무했다.

'그래도 아직은 허용 범위다.'

살의가 이는 것을 애써 눌러 담았다.

아직은 괜찮다.

무슨 발악을 한다 한들 아직까진 그의 무력에 미치지 못하니 말이다.

하지만 지금보다 더 급속한 성장, 더 바짝 뒤를 쫓아온다면…….

'어쩌면 차선책을 생각해야 할지도 모르지.'

물론 그때가 지금은 아니다.

애써 불안한 생각을 지워 버리며 다가오는 준형을 바라보았다.

"설마 회복의 권능이 약점일 줄은 꿈에도 몰랐습니다."

놀랍게도 니드호그의 상극은 회복과 관련된 권능이었다.

일반적으로 회복의 권능이라 함은 아군을 치유하는 것으로 그것을 상대의 약점이라 생각하는 건 어려운 일이었다.

대신 발상을 전환하는 순간 의외로 싱겁게 승부를 결정지을 수 있다.

조금 전 몸뚱이를 갈라 버린 후 잘린 단면에 회복의 권능을 사용하면 최대한 그 재생을 지연시킬 수 있는 것.

준형이 이용한 방법 또한 그것과 다르지 않았다.

"용케 알아냈군."

"운이 좋았습니다."

여전한 겸손에 어떠한 말도 하지 않았다. 지금은 입바른 소리를 할 때가 아니었다.

"오오!"

갑작스럽게 터져 나온 탄성과 함께 찬란한 빛이 주변을 물들이기 시작했다.

정훈을 비롯한 모두의 시선이 위를 향했다. 뭐라 형용할 수 없는 빛을 내뿜는 무언가가 서서히 지면으로 떨어지고 있었다.

"사령관님. 저건?"

경계의 빛을 띤 준형이 물었다.

아무래도 이런 신비한 현상이 일어날 때마다 사건이 터진다는 것을 알고 있는 그로썬 불안해할 수밖에 없었다.

하지만 그건 단순한 불안함일 뿐이다.

"이그드라실의 열매. 거인들을 아스가르드로 이끌 마지막 재료."

그것은 새로운 사건이 아닌, 그들이 얻을 보상이었다.

미미르의 목, 갈라르호른, 브레싱가멘에 이은 마지막 재료, 이그드라실의 열매가 마침내 손에 들어오는 순간이었다.

천천히 하강하는 이그드라실의 열매를 손에 쥐었다.

마지막 재료를 손에 넣은 후 보관함을 열어 나머지 3개의 재료를 꺼냈다.

우선 바닥에 미미르의 목을 놓는다.

마치 지면에 박힌 것처럼 놓여 있는 모양새가 썩 유쾌한 광경은 아니었지만, 정작 놀라운 일은 다음 순간 일어났다.

—정녕 그대들이 원하는 게 신들의 파멸인가?

목만 남은 미미르가 의지를 전달하고 있었다.

줄곧 감겨 있었던 두 눈은 개안해 푸른 안광을 줄기줄기 내뿜는 중이었다.

"헉!"

"까, 깜짝이야!"

주변에 있던 이들이 놀란 채 뒷걸음질 쳤다.

"어차피 그렇게 될 운명이었다."

유일하게 그 자리를 지킨 정훈이 담담히 내뱉는다.

그가 거인 진영으로 배정받은 순간부터 미래는 정해져 있는 것이나 다름없었다.

-그 끝은 결코…….

"어차피 전부 다 죽어."

미미르의 말을 묵살한 정훈은 본격적인 행동을 개시했다.

브레싱가멘을 미미르에게 걸고 난 후 발악하는 녀석의 입에다 이그드라실의 씨앗을 우겨 넣었다.

처음에는 발버둥 치던 미미르는 씨앗이 목을 넘어간 그 순간부터 발악을 멈췄다.

-결국, 파멸이 너희를 찾을 것이다.

마지막으로 의미심장한 말을 내뱉은 후 눈을 감았다.

뿌우웅.

그 마지막을 지켜보던 정훈이 걀라르호른을 불었다.

"모두 물러서."

그리 말한 정훈이 뒤로 물러나자 모두가 그의 뒤를 따랐다.

–크아아아!

돌연 울려 퍼지는 괴성.

더욱 진해진 미미르의 푸른 안광이 반구 형태로 넓게 퍼져 나갔다.

쿠쿠쿵!

대지가 요동친다. 하지만 변화는 그게 다가 아니었다.

드드드득.

미미르의 머리를 뚫고 것은 작은 묘목이었다.

처음에는 새싹에 불과하던 그것은 눈 깜짝할 사이 몸집을 불려 마침내 또 하나의 세계수를 만들어 냈다.

"도대체 이건?"

눈을 동그랗게 뜬 준형이 물었다. 도대체 지금 일어나고 있는 변화가 무엇을 위한 것인지 깨닫지 못했기 때문이다.

"아스가르드로 통하는 다리."

모든 세계를 잇는 무지개다리 비프뢰스트는 오딘의 명령으로 끊어진 상태였다. 그렇기에 아스가르드로 진입하기 위해선 새로운 다리가 필요했다.

정훈과 신살이 그토록 노력해 얻은 4개의 신기가 바로 그 다리를 만드는 재료였던 것.

–신기가 모두 모여 아스가르드로 통하는 길이 열렸습니다.

―4개의 신기로 자라난 나무는 온전한 거인 진영을 불러올 만한 크리를 자랑합니다.

―무스펠헤임의 지도자 수르트와 니플헤임의 지배자 흐림, 배덕자 로키, 그리고 그가 낳은 재앙이 아스가르드로 진군을 시작합니다.

두두두두.

세계수를 타고 진동이 전해져 온다. 그것은 거인의 군대가 아스가르드에 접근하고 있음을 알리는 것.

불과 5분 뒤엔 신들의 세계를 끝장내기 위한 대 병력이 도착할 터였다.

"준형."

"네."

"지금부터 너희가 할 일에 대해 말해 주마."

옆에 나란히 선 준형을 향해 조용히, 그만이 들을 수 있게 앞으로의 계획을 말해 주었다.

"정말 그렇게만 하면 되는 겁니까?"

뜻밖의 말에 놀란 준형이 되물었다.

"그래. 여기서 너와 신살이 해야 할 일은 그게 전부다."

"그렇군요. 그럼 그렇게 하겠습니다."

여전히 의문은 가시지 않았지만, 굳이 되묻는 일은 없었다. 언제나 그렇듯 의문에 대한 답은 돌아오지 않을 게 분명했으니.

"건방진 신족 녀석들아, 우리가 왔노라!"

대기를 통해 전해진 외침이 모두의 귓가에 파고들었다. 오직 분노만이 느껴지는 그 강렬한 외침과 함께 세계수가 불길에 휩싸이기 시작했다.

불길이 시작되는 곳, 그곳에서부터 거대한 배가 접근해 오고 있었다.

죽음과 절망, 그리고 불꽃의 기운을 풍기는 그것은 니글파르로 죽은 자들의 손톱과 발톱으로 만든 이동 요새였다.

빠른 속도로 다가오고 있는 그것을 관심 있게 바라보던 정훈은 이내 시선을 다른 곳으로 옮겨야만 했다.

쿵!

니글파르에서 몸을 던진 존재가 지면에 착지했다.

고오오.

주변의 대기가 연소하며 진공 상태를 만들었다.

그것은 5미터가 넘는 거대한 신장을 지닌 불꽃의 거인이 만든 현상.

수르트. 존재하는 것만으로도 세상의 모든 것을 불태우는 그는 존재해선 안 될 재앙이었다.

쿵쿵!

수르트의 뒤를 이어 등장하는 이들 또한 범상치 않다.

대기마저 얼어붙게 하는 냉기의 거인 흐림.

본래 신족의 일원이었으나 거인 족으로 돌아선 불의 신

로키.

로키의 자식으로 라그나뢰크가 이르렀을 때야 비로소 풀려나 신족을 멸하는 재앙의 존재, 펜리르와 요르문간드, 그리고 헬까지.

과연 신들의 종말을 이끌 만한 강력한 기운을 지닌 존재. 특히 지금은 4개 신기가 모두 모여 아스가르드의 결계에 영향을 받지 않는 상태였기에 그 존재감은 더했다.

그리고 그 영향은 수뇌부들에게만 해당되는 게 아니었다.

마침내 니글파르가 지면에 당도했고, 그곳에서부터 불꽃, 냉기의 거인들이 속속 모습을 드러내기 시작했다.

그 수만 해도 수십 만, 아니, 백만에 달하는 대군이다. 4개 신기로 무스펠헤임과 니플헤임, 그리고 죽은 자들의 세계에 사는 모든 군대가 몰려온 것.

"잘했다, 입문자들이여. 그대들의 노고로 우리가 온전한 힘을 지닐 수 있었다."

거인 진영을 이끄는 총사령관 수르트가 정훈을 비롯한 입문자들의 노고를 치하했다.

"과연 범상치 않은 힘을 지니고 있는 자들이로다."

"입문자들은 저기 하찮은 인간들과 달리 굉장한 힘을 지니고 있다더니."

흐림과 로키 또한 그 칭찬에 합류했다.

-크르, 뭔가 불쾌한 기분이 드는 녀석이로군.

—동감이다. 저 녀석을 보고 있자니 속에서 불길이 치솟는 것 같단 말이지.

—…….

하지만 펜리르와 요르문간드는 불쾌함이 가득한 시선으로 정훈을 응시하고 있었다.

그럴 수밖에 없는 게 그들은 정훈의 손에 죽음을 맞이한 적이 있었기 때문이다.

하지만 기억하지 못한다.

라그나뢰크가 일어나고 지금의 무대는 시공간이 뒤틀린, 과거의 일이기 때문이다.

그들이 죽음을 맞이한 건 미래의 일.

그렇기에 불쾌함을 느낄 뿐, 딱히 그 이유에 대해서 알지는 못했다.

"그 무슨 말인가. 우릴 온전한 힘으로 이끈 고마운 이들. 말을 삼가도록 하시게."

위대한 전쟁을 눈앞에 둔 상태. 혹 문제가 생길까 우려한 흐림이 끼어들었다.

"흐림의 말이 맞다. 이제 우리는 운명을 같이 한 공동체. 불손한 태도는 용납할 수 없다. 주의하라."

수르트의 말에 감히 아무 말도 하지 못했다.

세상을 집어삼킬 재앙의 운명을 타고난 그들이지만 종말자이자 현재 이곳의 모두를 이끄는 위치의 그와는 비교할 수 없었기 때문이다.

"그럼 이제 안하무인의 신족들을 멸하러 움직여 보자꾸나!"

그리 말한 수르트가 앞서 걸어갔다.

뒤를 이어서 흐림과 로키, 그 뒤로 펜리르와 요르문간드, 헬, 마지막으로 거인 진영의 군대가 진열을 맞추어 걸음을 재촉했다.

성으로 향하는 유일한 통로, 이그드라실의 굴로 향하던 그들은 얼마 가지 않아 걸음을 멈출 수밖에 없었다.

"이게 무슨 짓인가?"

조금은 노한 수르트의 음성이 이어졌다.

그럴 수밖에 없다. 정교한 진법으로 입구를 막은 신살을 확인했기 때문이다.

"미안하지만, 누구도 이곳을 지나갈 순 없다."

무덤덤한 그 음성의 주인공은 정훈이었다.

'언제……?'

감정마저 불살라 버린 수르트는 그 동요를 숨기지 못했다.

분명 조금 전까지 뒤를 따르고 있었건만 언제 앞서 나갔단 말인가.

어쩌면 작은 부분일지 모르나 그 정도나 되는 실력자의 이목을 숨겼다는 것.

그것은 곧 정훈의 실력을 짐작케 하는 것이었다.

"우리는 같은 목적을 가지고 있지 않았던가?"

수르트의 말에 정훈이 고개를 저었다.

"비슷한 목적이라고는 할 수 있겠지."

수르트의 목적은 신족의 파멸뿐이다.

그에 반해 정훈은 신족은 물론 눈앞의 거인족 모두를 소멸시키고자 했다.

신족과 거인족 모두를 멸하는, 진정한 의미의 라그나뢰크를 일으켜야만 8막의 관리자를 소환할 수 있기 때문이다.

사실 그냥 죽이기만 하는 거라면 두 진영이 싸우는 틈을 노려 조금은 편하게 목적을 달성할 수도 있을 것이다. 하지만 그럴 수 없었다.

'비료가 되어야 하니까.'

거인들을 죽이되 반드시 새롭게 자라난 세계수의 영향권 아래서 죽여야 한다.

그래야만 관리자를 탄생시킬 수 있는 열매의 영양분이 완성되기 때문이다.

신족의 힘을 빌리지 않고, 오직 그들만의 힘으로 이곳의 거인족 모두를 죽여야만 하는 게 첫 번째 과제인 셈이다.

"건방지도다. 고작 그 정도의 수로 우리에게 덤빌 생각을 하다니."

수르트로선 어이가 없을 수밖에 없었다.

앞을 막은 병력이라고 해 봐야 20만이다.

하지만 거인 진영은 어떤가.

그들은 무려 100만에 이르는 엄청난 병력이 집결해 있었다.

양적이나 질적으로도 불리한 지금 상황에서 덤벼드는 저 자신감의 근원은 무엇일까.

"그 말엔 나도 동감하는 바다."

담담히 한 마디를 내뱉은 정훈이 검을 십자 형태로 교차시켰다.

"그랜드 크로스Grand Cross."

쿠콰콰콰!

하늘에서부터 떨어진 섬광의 십자가가 지면에 거대한 흔적을 남겼다.

남긴 건 그 흔적만이 아니었다.

이 재빠르고 강력한, 그리고 광범위한 일격을 피하지 못한 거인 병력의 다수가 소멸에 이르고 말았다.

무려 수만에 달하는 병력이 일거에 쓸려 나간 것이다.

"이 무슨!"

놀란 수르트와 수뇌부. 하지만 그들의 놀람은 거기서 끝이 아니었다.

"무한궤적無限軌跡."

작정을 한 정훈이 전력을 방출하기 시작했다.

느리게, 춤을 추듯 한바탕 몸을 움직였다.

그의 손에서 그려진 궤적이 증식하고 또 증식해 천지를 가득 메웠다.

일전에 펼쳤던 것과는 또 다른 영역의 것.

그도 그럴 게 한층 성장한 치느님의 권능이 남아 있었기 때문이다.

스스스슥.

그 궤적에 닿은 불꽃과 냉기의 거인, 그리고 죽은 자들은 비명조차 지르지 못한 채 쓰러졌다.

"이런!"

"어찌 이럴 수가!"

눈앞에서 병력이 줄어들고 있음에도 수뇌부는 별다른 수를 낼 수 없었다.

그들 또한 정훈의 공격을 피하는 데 급급했기 때문이다.

이 강력한 공격에서 살아남기 위해선 잠시라도 눈을 뗄 수 없었다.

자신의 몸을 건사하기도 힘든 판국에 부하들의 안위까지 챙겨 줄 여력이 없었던 것이다.

"흡!"

힘찬 기합성. 그리고 양 손에든 검을 각기 반원을 그리듯 베었다.

스팟!

둥글게 퍼져 나간 검기가 주변에 있는 모든 적의 몸뚱일 반으로 가르며 나아갔다.

정훈이 공격을 펼치기 시작한 지 고작해야 세 호흡. 하지만 그 사이 100만을 자랑하던 거인족의 병력은 고작해야 20만 정도로 줄어 있었다.

그야말로 압도적인 무력이었다.

"와, 미친!"

"미쳤네. 미쳤어."

"역시 사령관님은…… 후우."

신살은 다시 한 번 정훈의 위용에 감탄했고.

"이, 이게 정녕……."

"놀랍구나. 이런 무용이라니!"

"믿을 수 없다."

눈앞에서 80만 대군을 잃은 수뇌부 및 거인족은 허탈함과 함께 공포심을 느낄 수밖에 없었다.

Chapter 2

"후우."

순식간에 80만 대군을 몰살시킨 정훈은 한차례 호흡을 몰아쉬었다.

그럴 수밖에 없는 게 아무리 그라도 연달아 광범위한 공격을 펼치는 건 무리한 일이었기 때문이다.

"놈이 지쳤다."

"지금이다. 공격하라!"

흐트러진 기운을 파악한 수르트와 흐림이 공격을 명했다.

목숨을 부지하기 위해 도주를 선택하는 인간들과는 질적으로 다른 존재들이다.

두 지도자의 명령에 마치 한 몸이라도 된 것처럼 득달같이 달려들었다.

"삐익!"

그 순간 정훈의 의지에 반응한 치느님이 하늘의 제왕다운 거친 울음소리를 내며 등장했다.

일진광풍이 불어 정훈의 육신을 감쌌다.

그것은 바로 치느님이 지닌 회복의 권능.

지친 체력을 단숨에 회복시키는 종류의 것이었다.

그 순간 무거운 육신이 다시금 활력을 되찾는 것을 느낄 수 있었다.

하지만 한 번 소모된 심력은 돌아올 수 없다.

그 말인 즉 조금 전 펼친 깨달음의 공부를 다시금 발현할 수 없음을 뜻하는 것.

그러나 아랑곳하지 않는다.

애초에 심력의 사용은 80만이란 대군을 몰살시킨 것만으로도 충분한 성과를 달성한 것이었으니 말이다.

'난전은 내 무대다.'

눈앞에 20만이란 대군을 보고도 태연하다.

그에겐 난전에 특화된 엑스칼리이란 특출난 무기가 있었기 때문이다.

콰콰콰쾅.

어느새 가까이 다가온 수뇌부의 집중 공격이 정훈에게 쏟아졌다.

한데 모인 기운은 세계가 무너질 듯 대지가 요동시켰으나 정작 그곳에서 정훈의 모습을 찾아볼 순 없었다.

"삐이익!"

오히려 그들을 맞이한 건 창공을 비상하고 있던 치느님이었다.

지이잉.

지면에 그려지는 복잡한 빛의 문자는 구속의 권능.

범위 내에 속박의 힘을 발동해 잠시간 행동을 불가능하게 만드는 것이었다.

선두로 치고 나간 수뇌부가 잠시 발이 묶인 사이…….

"그으으!"

후방에선 난리가 났다. 어느새 후미로 돌아 들어간 정훈이 거인 진영을 공격하고 있었기 때문이다.

서걱.

궤적이 그려질 때마다 어김없이 하나의 적이 지면으로 쓰러졌다.

파팟!

어느새 동쪽에 있는가 하면 서쪽에서 나타나 적들을 베어 넘긴다.

수뇌부도 아닌 일반 병력이 정훈의 속도를 따라잡는 건 불가능한 일이었다.

"그어어!"

의미 없는 발버둥을 쳤으나 정훈은 눈 먼 공격에 당할 만큼 호락호락한 위인이 아니었다.

"하압!"

바람의 권능을 실은 검기가 사방으로 뻗어 나갔다.

주변에는 온통 적. 그 일격에 수백이 쓰러졌다.

"건방지구나!"

뒤늦게 구속에서 풀려난 수뇌부가 분노한 고함으로 터뜨리며 접근했다.

하지만 신경도 쓰지 않는다.

평소 같았으면 그들을 맞이했을 테지만 무슨 생각에선지 그는 피하는 것을 선택했다.

"삐익!"

또다시 치느님의 권능이 발휘되었다.

주변의 사물이 순식간에 뒤바뀌었다.

후방에서 전방으로 공간이동을 한 것이다.

바뀌지 않은 게 있다면 여전히 많은 적들로 가득하다는 사실뿐이었다.

동요하는 적들의 중앙에 난입해 한바탕 춤을 춘다.

아름다운 검무劍舞. 하나 그 실상은 지독한 살의를 담은 죽음의 춤이었다.

그의 주변 가득하던 불꽃, 서리, 그리고 죽은 자들이 허무할 정도로 쓰러지기 시작했다.

“돕지 않아도 되겠습니까?”

결국, 참지 못하고 나선 건 준형의 최측근인 제만이었다.

입구에서 한 발자국도 벗어나지 말라는 명령에 나서지 못하고 있었지만, 외로이 싸우고 있는 정훈을, 그들의 사령관을 봐야 하는 마음이 그리 편치만은 않았다.

“이것은 사령관님의 명령이기도 합니다. 입구를 지키며 도주하려는 모든 적을 말살하는 것. 그것이 우리해 해야 할 유일한 임무입니다.”

거인족의 군대가 이곳으로 당도하기 직전 정훈은 한 가지 명령만을 남겼다.

‘입구를 막고 도주하려는 적을 모두 죽여라.’

그 말인 즉 혼자서 싸우겠다는 것과 진배없다.

정훈이란 인간을 걱정하는 것만큼 의미 없는 일이 없음을 알고 있다.

물론 그를 걱정하진 않는다.

단지 그가 염려하는 건 신살이라는 세력의 성장이 지체되는 것.

이에 정훈은 한마디로 일축했다.

‘이 모든 일이 끝났을 때 너희가 원하는 성장을 이룰 수 있을 테니 걱정마라.’

많은 의문이 남아 있었으나 그가 그렇다면 그런 것이다.

그가 할 수 있는 일이란 더 반문하지 않은 채 명령을 충실히 이행하는 것.

"비록 쉬운 임무이긴 하나 방심은 금물입니다. 이제 슬슬 적들의 진영이 붕괴되는 것 같으니 모두 경계태세를 갖추십시오."

더 이상의 물음을 허락하지 않기 위해 경계 강화 명령을 내렸다.

예전과 달리 준형의 존재가, 위상이 모두에게 각인된 상황.

감히 그 말에 불만을 나타내지 않은 채 각자의 자리를 지키며 경계 어린 눈으로 전방을 응시했다.

준형의 말은 곧 사실로 드러났다. 모든 것을 말살할 것만 같았던 거인족의 대군이 서서히 붕괴되는 중이었다.

아무도 그를 막지 못했다. 아니, 막을 수 있는 이들을 철저히 피하고 있는 탓에 가능한 일이었다.

폭발적인 속도와 치느님의 권능을 이용해 수르트를 비롯한 수뇌부를 따돌리며 철저하게 일반 병력만을 상대했다.

단지 적의 병력을 줄이기 위한 목적만이 아닌 엑스칼리번의 특성을 활용하기 위함이었다.

엑스칼리번의 능력은 적에게 피해를 주면 줄수록, 공격의 횟수가 쌓이면 쌓일수록 강력해진다.

그렇기에 시간이 지나면 지날수록 지치긴커녕 공격의 양상은 대담해지고, 강력해졌다.

그럴 수밖에 없는 게 짧은 시간 동안 수만의 적을 처치하면서 그 피해는 고스란히 보호막, 생명력, 그리고 방어력으로 전환되었기 때문이다.

그뿐인가. 쉬지 않고 손을 놀린 탓에 공격 횟수가 증가, 현재 그의 공격력은 평상시의 배 이상으로 증가한 상태였다.

아무렇게나 휘두른 검에도 거인들은 맥도 추지 못한 채 쓰러지기 바빴다.

쿠웅!

앞을 막은 거인의 거대한 몸뚱일 양단한 정훈의 시선이 다급하게 한 곳으로 향했다.

생각을 달리한 수뇌부가 신살을 향해 다가가고 있었다.

정훈의 전략을 똑같이 실행하려는 의도였다.

'그렇겐 안 되지.'

수만의 적을 죽여 원하는 만큼의 버프를 쌓았다.

목적한 바를 이룬 그는 망설이지 않고 움직일 수 있었다.

슈슉.

치느님의 권능을 통해 적보다 한발 앞서 신살에 합류한 정훈.

"네 이놈!"

곧이어 분노한 수르트의 불꽃 검, 멸망의 검을 쇄도하는 것을 볼 수 있었다.

콰앙!

물의 기운을 일으킨 용광검으로 그 경로를 가로막았다.

명색이 불과 물의 만남이었으나 일어나는 현상은 폭발이었다.

용광검으로 멸망의 검을 막고 왼손의 엑스칼리번으로 수르트의 허리를 베었다.

쩌적.

하지만 그 공격을 예상한 흐림이 서리의 검으로 막아 냈다.

아아아.

죽은 자들의 곡성과 함께 바닥이 시커멓게 물들었다. 죽음의 강 스틱스의 저주로 인해 구속력이 발휘된 것이다.

쉬이이.

요르문간드가 그 거대한 몸을 움직여 육신을 죄어 왔다.

지면을 박찬 펜리르는 태양마저도 집어삼키는 그 아가리를 벌린 채 쇄도하고 있었다.

"건방진 인간 같으니!"

배덕자 로키가 하나의 불꽃으로 화해 돌진했다.

수르트와 흐림 또한 가만히 있을쏜가.

불꽃과 서리의 검이 강력한 기운을 풍기며 양쪽으로 쇄도했다.

하나하나가 경천동지할 위력을 품은 대단한 공격이니, 그 대상이 된 자라면 당연히 죽을 수밖에 없는 광경이었다.

찰나조차 억겁의 긴 시간으로 느껴지는 그 순간, 마음속에 검을 그린다.

그 검은 거대하지 않다.

그 검은 화려하지 않다.

그 검은 강력하지 않다.

단지 모든 것을 벨 수 있는 검이다.

이 세상의 무엇도 이 검의 예기를 견뎌 낼 순 없다.

의지는 곧 실체화되었다.

화악.

순백의 검이 정훈의 눈앞에 나타났다.

마음속으로 그린 검, 그것은 바로 심검心劍이었다.

신마 또한 가닥만 잡았을 뿐 완성하지 못한, 의지를 실체화 시킨 검.

심검이 나타난 그 순간, 시간이 멈춘 것과 다를 바 없을 정도로 느리게 흘러갔다.

그 시간 속에서 움직일 수 있는 건 정훈의 의지를 품은 심검뿐이었다.

스윽.

의지에 반응한 심검이 수르트의 목을 스치고 지나갔다.

외상은 없었다. 마치 존재하지 않는 것처럼 육신을 통과해 지나갔을 뿐.

스스슥.

다른 적들 또한 예외는 아니었다.

가장 선두에 있는 수르트를 시작으로 흐림, 펜릴, 요르문간드, 로키, 그리고 가장 후방에 있는 헬까지.

마침내 심검이 모두의 육신을 훑고 지나간 이후에야 정지된 시간이 정상적으로 흘렀다.

"……."

놀랍게도 당장 정훈을 죽일 것처럼 달려들던 수뇌부들의 움직임이 멈췄다. 마치 정지를 누른 것처럼 어떠한 움직임도 없었다.

털썩.

불꽃의 거인 수르트가 쓰러졌다. 활활 타오르던 육신의 불꽃은 이미 꺼져 버려 검게 남은 재만이 그의 흔적을 알려 주고 있었다.

콰드득.

충격을 받은 얼음처럼 흐림의 육신이 산산이 부서졌고, 나머지 수뇌부들이라고 다르지 않았다.

놀랍게도 절대적인 힘을 지닌 거인족의 지배자 여섯이 일시에 죽음을 맞이한 것이다.

"후우."

이 놀라운 기적을 일으킨 정훈이 참았던 숨을 토해 냈다.

조금 전까지만 해도 활력이 넘치던 육신은 물 먹은 솜처럼 늘어졌고, 온몸의 근육이 고통을 호소했다.

'역시, 아직은 무리였나.'

신마의 강신을 통해 그의 깨달음 일부분을 자신의 것으로 만들 수 있었고, 그중엔 심검이라는 절대적인 경지 또한 포함되어 있었다.

신마 또한 말년에서야 겨우 깨달을 수 있었던 경지.

그렇기에 평상시의 정훈이라면 펼칠 수 없는 게 정상이었다.

하지만 그는 포기를 모르는 사내.

치느님의 권능과 엑스칼리번이 지닌 고유의 특성을 이용해 자신의 능력을 뻥튀기 시켰고, 그 모든 과정을 거치고 나서야 어거지로 심검을 펼칠 수 있었던 것이었다.

단순히 과시를 하려는 의도는 아니었다.

거인 진영을 전체를 제대로 상대했다면 꽤 진땀을 뺐을 터였다.

그러나 지금처럼 심검을 이용하면 아무런 피해도 없이 죽이는 일이 가능했다.

당장 눈앞에 닥친 거인족과 신족을 처리하는 것만이 그들의 목적이 아니었기에 지금은 몸을 사릴 필요성이 있었기에 이번에는 신살의 참견을 허락하지 않은 것이었다.

결과는 대성공.

'하지만 아직 끝이 아니지.'

수뇌부 여섯을 죽이긴 했으나 아직 10만이나 되는 적의 병력이 남아 있다.

"이제 너희가 나설 차례다."

어차피 잔챙이들만 남았다. 그것도 수르트와 흐림이 소멸하면서 지니고 있는 힘도 약화된 상황.

"그 말을 기다리고 있었습니다."

준형이 그 말을 받았다.

"모두 출진!"

마치 이 순간만을 고대하고 있었던 것처럼 거칠게 밀어닥친 신살은 우왕좌왕하는 거인 병력을 순식간에 잡아먹었다.

남은 적 병력을 정리하는 데 필요한 시간은 채 10분이 걸리지 않았다.

"그으!"

마침내 하나 남은 서리 거인이 죽음에 이른 바로 그 순간…….

―아스가르드에 침입한 모든 거인족을 소멸시켰습니다.

—특정 조건을 완수해 비공선 나글파르의 권한을 가지게 되었습니다.

고대하던 알람을 들을 수 있었다.

거인족을 말살한 건 궁극적으론 관리자를 소환하려는 것이었지만, 부가적인 목적은 나글파리를 손에 넣는 것이었다.

이를 얻기 위한 특별한 조건은 신족의 힘을 빌리지 않고 거인족을 말살하는 것.

이그드라실의 영역 내에서 거인족을 죽여야 하는 조건을 달성하면 자동으로 딸려 오는 조건인 셈이었다.

—가장 뛰어난 활약을 보인 입문자 한정훈 님에게 지배의 수정구를 부여합니다.

알람을 확인하는 즉시 보관함을 열어 보았다.

조금 전 보관함에 들어온 은색 수정구, 그것이 바로 나글파리를 조종할 수 있는 지배의 수정구였다.

정훈도 처음 획득한 것이지만 오르비스의 정보를 통해 그 사용 방법은 숙지한 상태.

손에 든 그것에 일정량의 마력, 그리고 의지를 전달했다.

웅웅웅.

마치 알았다는 듯 진동을 시작한 수정구와 함께 변화가 일어났다.

쿠쿠쿠쿠.

공중에 떠 있던 나글파리가 하강을 시작하더니 마침내 지면에 안착했다.

그 압도적인 위용에 모두가 넋을 놓고 있는 사이 지배의 수정구에서 뿜어져 나온 빛에 공명하듯 나글파리 또한 찬란한 빛에 휩싸였다.

화악!

"윽!"

눈을 뜰 수 없는 강렬한 빛에 모두가 눈을 감았다.

그리고 잠시 후 눈을 따갑게 하는 고통이 사라진 것을 느낀 이들이 하나둘 눈을 떴고, 놀라운 광경을 확인할 수 있었다.

"사라졌어?"

눈을 동그랗게 뜬 채 주변을 훑었지만, 그 어디에서도 거대한 비공선의 모습을 확인할 수 없었다.

그럴 수밖에 없는 게 지배의 수정구에 흡수된 상태였기 때문이다.

무려 100만의 병력을 태울 수 있는 대규모 탈것인 나글파리는 소유자의 의지에 따라 휴대할 수 있는 편의 기능을 갖추고 있었다.

"휴식 시간은 필요 없겠지?"
"신족을 처리하시는 겁니까?"
물음을 물음으로 답하는 준형이었다.
"지체할 이윤 없지."
"그래도 상관없을 것 같습니다. 피해는 전무한 상태고, 오히려 다들 조금 전 정도론 몸이 풀리지 않은 것 같으니 말입니다."
부쩍 성장한 신살은 10만의 거인 병력을 상대하고서도 몸이 풀리지 않았을 정도의 뛰어난 모습을 보여 주고 있었다.
"그럼 가지."
정훈의 그 한마디는 아스가르드를 멸망에 이르게 하는 시발점이었다.

콰콰쾅!
발할라 깊숙한 곳에 숨겨져 있던 부활의 성소가 폭발했다.
영원불멸의 삶을 살 수 있는 원천이 사라졌으니 신족이 지닌 불사의 권능이 사라진 것이었다.
'수비군.'
폭발의 중심지에서 이를 지켜보고 있는 건 정훈이었다.
팔짱을 낀 그 모습에서 진한 여유를 읽을 수 있었다. 생각보다 훨씬 빨리 신족을 멸한 탓이다.

체감상 거인족을 상대하는 것보다 배는 쉬웠다.

그럴 수밖에 없는 게 중요 강자인 오딘과 헤임달, 프레이야를 진즉에 처리해 놨기 때문이다.

천둥의 신 토르나 용맹의 신 티르가 남아 있었으나 파죽지세로 몰아치는 정훈과 신살의 화력을 견딜 정도는 아니었다.

그야말로 순식간에 신족을 멸한 정훈은 발할라의 비밀 중 하나인 부활의 성소를 찾았고, 그들이 지닌 불멸의 권능을 폭발시켰다.

주르륵.

부활의 성소를 가득 채우고 있었던 생명수가 갈라진 지면의 균열 사이로 흘러들어 갔다.

지하까지 뚫려 있는 그 균열의 종착점은 바로 새로이 자라난 세계수가 있는 곳. 100만 거인족 양분이 있는 그곳에 신족의 생명수마저 흘러들어간다면 어떤 일이 벌어질까.

드드드드득.

갈라진 균열 사이로 거대한 넝쿨과 나뭇가지가 올라오기 시작했다.

곧장 신형을 움직여 부활의 성소를 벗어났다.

멀리 신살이 대기하고 있는 곳까지 이동한 그는 그제야 이동하는 것을 멈춘 채 눈앞에서 일어나고 있는 변화를 주시했다.

천공의 성을 완전히 휘감은 넝쿨과 가지는 하늘로 뻗어나가며 한데 뭉쳤다.

그렇게 거대한 나무가 완성되었다.

찬란한 빛의 가루를 뿌려 대는 그것은 바라보는 것만으로도 경탄이 나올 정도로 어마어마한 위용을 자랑했다.

거인족이라는 비료, 그리고 신족의 생명수를 빨아들여 탄생한 진정한 의미의 세계수였다.

모두의 시선이 세계수를 향해 있다.

물론 정훈의 시선 또한 그곳을 향해 있었는데, 다른 이들과 달리 좀 더 높은 곳에 시선을 둔 상태였다.

'시작되는군.'

그 시선 너머에는 성인의 주먹 정도 되는 작은 열매가 있었다.

분명 처음 봤을 때는 그 정도로 작은 크기였으나 잠시 눈을 떼고 다시 들여다보면 어느새 배는 커져 있다.

변화는 그게 다가 아니었다.

처음에는 무색이었으나 나중에는 녹색, 푸른색, 노란색, 주황색 등의 색으로 변하고 있었다.

"저건 뭐지?"

"계속 자라나고 있는데?"

뒤늦게야 열매의 존재를 알아차린 이들이 동요하기 시작했다.

—금단의 열매가 자라나고 있습니다.

—서두르십시오. 신의 분노를 피하기 위해선 금단의 열매가 완전히 자라나기 전에 파괴해야 합니다.

다급한 알람에 모두의 시선이 정훈에게 향했다.

"기다려. 열매가 다 자라나기 전까진 움직이지 않는다."

지금은 잉태의 과정으로 금단의 열매가 완전히 자라나야 비로소 관리자가 탄생하게 된다.

그렇기에 지금은 기다려야 할 때였다.

"그리고 지금부터 너희들이 해야 할 일을 말해주마. 이번에는 나도 나지만, 너희들이 맡은 임무도 무척 중요하니 잘 새겨들어라."

벌써 세 번이나 맞이하는 관리자와의 전투. 지금까지 신살의 역할도 꽤 중요했지만, 이번과는 비교할 수 없다. 사실상 정훈이 맡는 역할보다 그들이 맡는 임무가 더 중요하다 할 수 있었다.

"열매가 다 자라나 녀석들이……."

그로부터 시작된 정훈의 이야기를 모두가 경청했다.

그가 이야기를 계속하는 동안에도 열매는 성장을 거듭하고 있었다.

커지고, 커지고, 또 커진다.

그렇게 계속 커져 그 크기를 측정할 수 없을 정도가 되었을 때 열매는 완전한 검은색을 띠게 되었다.

—금단의 열매가 완전히 자라났습니다.

그 알람은 더는 되돌릴 기회가 없어졌음을 알리는 신호였다.

쩌억.

거대한 열매가 입을 벌리며 요란한 소릴 냈다.

반으로 쪼개진 열매의 윗부분에선 흰색, 아랫부분에서 검은색으로 뭉쳐진 안개와 같은 기운이 새어 나오기 시작했다.

각기 다른 곳에서 뭉쳐진 그 기운은 곧 새로운 형상을 만들어 냈다.

—내가 돌아왔다!

검은색 기운이 뭉쳐져 만들어진 것은 세계수와도 어깨를 견줄 만한 거인이었다.

그 덩치가 얼마나 큰지 발바닥 하나가 천공의 성을 뒤엎을 정도였다.

음머!

그에 반해 하얀색 기운이 뭉쳐진 건 일반적인 크기의 젖소였다.

크기도 크기지만 마른 데다가 힘이 없어 보이는 게, 병이라도 걸린 게 아닐까 의심될 정도였다.

—관리자 이미르와 태초의 암소 아움둠라가 탄생했습니다.

—절대의 존재 이미르에게 대적하기 위해선 아움둠라를 성장시켜야 합니다.

—서두르십시오. 이미르가 아스가르드를 파괴하는 날엔 그를 막을 수 있는 방도는 없습니다.

원초原初의 거인 이미르와 태초의 암소 아움둠라.

이 둘은 신과 거인이 탄생하기 이전부터 존재해 온 그야말로 태초의 존재들이었다.

—세계를 멸하리라!

불행하게도 이미르의 존재 목적은 세계를 멸하는 것.

이 목적을 충실히 이행하기 위해 거대한 앞발을 들어 아래로 내리찍었다.

"치느님!"

정훈이 의지를 전달함과 동시에…….

쿠궁!

그 어마어마한 발놀림에 구름으로 이루어진 지면이 흩어졌다.

—아스가르드의 파괴 진척도가 3이 되었습니다. 앞으로 97이 더 진척

된다면 이미르가 폭주하게 됩니다.

치느님의 권능을 통해 그곳을 벗어나 정훈과 신살. 그들은 이미르에게서 꽤 멀리 떨어진 곳에서 거인의 파괴를 지켜보는 중이었다.

"준비됐지?"

정훈의 말에 준형이 곧장 고개를 끄덕였다.

"가자!"

슬레니프니르를 소환한 정훈은 곧장 이미르를 향해 달려갔고, 준형과 신살은 그와는 반대 방향의, 세계수를 향해 내달렸다.

음머!

특이한 건 준형의 품에 암소 아움둠라가 함께한다는 점이었다.

당연한 일이다.

이번 임무의 핵심 키워드가 바로 아움둠라였기 때문이다.

정훈이 맡은 일은 어떤 방식으로든 이미르를 방해해 아스가르드의 파괴를 지연시키는 것.

반면 신살이 맡은 건 세계수를 타고 올라가 주렁주렁 매달려 있는 과실을 따 아움둠라에게 먹이는 것이었다.

현재 이미르는 모든 공격에 면역이 된 상태였다.

아무리 정훈이라 해도 이 절대의 법칙을 거스를 순 없었다.

그럼 무적의 거인을 어떻게 상대하란 말인가.

그것은 알람이 알려 주었다.

아움둠라의 힘이 커질수록 반대로 이미르의 힘은 약화된다.

이 아움둠라의 힘을 늘릴 수 있는 유일한 수단이 바로 세계수의 열매였다.

"키에엑!"

하지만 그 과정이 쉽지만은 않다.

나뭇가지를 타고 오르던 신살의 앞을 막은 건 거대한 애벌레로, 이미르의 기운에 의해 타락한 세계수의 해충이었다.

"무극지도 제구 초식 파천."

가장 먼저 반응한 건 준형이었다.

자신이 지닌바 최강의 절기를 펼쳐 애벌레의 몸뚱이를 가격했다.

콰앙!

분명 타격감이 있었다.

하지만 조금 움푹 파인 것 말고는 별다른 상처가 보이지 않았다.

'역시 만만치 않군.'

물론 그가 공격한 의도는 어느 정도의 적인지 측정을 하려는 것.

당연히 한 방에 없앨 수 있을 거라는 기대는 하지도 않았지만, 작은 생채기 하나 내지 못한 것에는 적지 않은 충격을 먹을 수밖에 없었다.

"출진!"

적의 강력함을 몸소 깨달았으니 이제는 그에 맞는 대우를 해 줘야 할 때였다.

순식간에 애벌레의 주변을 겹겹이 포위한 신살. 그 움직임은 실로 신속했고, 군더더기 없이 깔끔했다.

새로이 편입되는 인원도 없는 데다가 생사가 오가는 격전을 벌인 탓에 이제는 한마음 한뜻이 되어 가고 있었다.

만족감에 절로 고개를 끄덕인 준형이 검을 치켜들었다.

"공격!"

시간은 그들의 편이 아니다.

애벌레를 향한 무차별 공격이 시작되고 있었다.

콰콰쾅!

거대하기 그지없는 이미르의 손과 발짓에 의해 세계가 파괴되어 간다.

―아스가르드의 파괴 진척도가 6이 되었습니다. 앞으로 94가 더 진척된다면 이미르가 폭주하게 됩니다.

―아스가르드의 파괴 진척도가 10이 되었습니다. 앞으로 90이 더 진

척된다면 이미르가 폭주하게 됩니다.

연이어 귓가에 울리는 알람을 무시했다.

이미르의 공격 범위가 닿지 않는 곳에 멈춰 선 정훈은 보관함을 열어 주황색 액체가 찰랑이는 물약을 꺼냈다.

'마침내 사용하게 되는군.'

그간 노력한 덕분에 연금술 숙련도는 거장에 도달했다.

생산 숙련도가 거장에 오르게 되면 제작의 최고 등급, 태고급의 물품을 생산할 수 있다.

그리고 지금 눈앞에 있는 게 바로 수많은 실패를 딛고 최초로 제작에 성공한, 현재 유일의 태고급 물약이었다.

정훈조차도 한 개밖에 완성할 수 없었던 희귀한 물약.

물론 아깝지는 않다. 어차피 이번 임무를 위해 제작한 것이었으니 말이다.

잠시 그것을 응시하더니 이내 망설이지 않고 입안으로 털어 넣었다.

드드득.

물약을 삼킨 즉시 정훈의 육신이 제멋대로 뒤틀리기 시작했다.

섬뜩한 소릴 내며 제멋대로 꺾이던 관절과 살점은 풍선처럼 부풀어 오르기 시작했다.

그것은 육신이 거대화되는 일련의 과정이었다. 점차 덩치를 키우기 시작한 정훈의 육신은 어느새 모든 것을 까마득히 내려다볼 정도로 거대해졌다.

거신巨身의 영약. 조금 전 정훈이 마신 태고급 물약의 종류였다.

복용한 자의 능력치에 비례해 거대한 몸집을 지니게 된다.

정훈의 능력치는 현신의 4단계. 현존하는 입문자, 주민들을 포함해 가장 높은 능력치라 할 수 있다.

그렇기에 거대화된 몸집은 어마어마했다.

물론 이미르와 비교하면 애교 수준이다.

이미르가 다 큰 어른과 같은 덩치라면 정훈은 기껏해야 대여섯 살 어린아이와 같다고 할까.

"삐익!"

하지만 그게 끝이 아니었다. 다양한 치느님의 권능 중엔 몸집을 불리는 것도 있었다.

쑤욱.

치느님의 권능을 받게 되자 한 차례 더 성장을 이룩했다.

대여섯 살 어린아이에서 초등학생 고학년 정도의 몸집.

여전히 이미르에 비할 바는 못되지만, 그래도 조금 전보다는 상대할 만하다.

-나의 파괴는 그 누구도 막을 수 없다!

몸집만큼이나 단순한 이미르는 당장 눈에 뜨인 정훈을 향해 달려오기 시작했다.

쿵쿵.

단순히 뛰어오는 것만으로도 세계가 파괴된다.

귓가에 들리는 알람은 파괴 진척도를 15라고 알려 주고 있었다.

"그게 쉽지는 않을걸."

그대로 뒀다간 아움둠라가 성장하기 전에 세계, 아스가르드가 파괴되고 말 것이다.

팟.

지면을 박차 쏜살같이 튕겨져 나갔다.

어느새 서로를 간극 안에 넣은 정훈과 이미르.

후웅.

선공을 가한 건 이미르였다.

그의 거대한 팔이 대기를 찢어 놓으며 맹렬하게 쇄도했다.

세계를 파괴하는 강력한 힘을 담은 것뿐만 아니라 빠르기까지 하다.

만약 정훈에게 삼안이라는 절대적인 감각이 없었다면 감지할 수 없을 정도의 속도였다.

감각이 경고하는 방향을 피하기 위해 몸을 우측으로 틀었다.

"큭!"

분명 피했다.

하지만 권압이 남긴 잔재가 옆구리 살을 스치고 지나가고 말았다.

주먹을 정통으로 맞은 것도 아닌 고작해야 권압이 일으킨 바람이 스쳤으나 검에 벤 것처럼 옆구리가 화끈했다.

근육이 다치고 뼈에 금이 간 것이다. 고작 스치는 것에, 그것도 이계에서 단단하기로 둘째가라면 서러울 정훈의 육신에 일으킨 변화였다.

'이걸 정면으로 맞았다간…….'

아무리 그라 해도 고기 조각이 되는 걸 면치는 못할 것이다.

이미 신마에게 예비 목숨을 잃은 상황이었기에 더욱 신중해질 수밖에 없었다.

그렇게 죽이려는 자와 피하려는 자의 공방전이 시작되었다.

단순히 도망을 가는 거라면 몰라도 시간을, 자신에게 이목을 집중시켜야 하는 정훈은 그 강력한 공격에 맞서야만 했다.

후웅후웅.

위력적인 공격에 정면으로 맞서는 정훈의 육신이 식은땀으로 축축하게 물들었다.

단순히 피하는 것만의 문제가 아니었다.

주먹으로 인해 생기는 권압의 범위까지 계산해야 하는 통에 단 한 순간도 긴장의 끈을 놓을 수 없었다.

"후우, 후우!"

예측한 것보다 배는 더 많이 움직여야 한다는 부담감은 고스란히 심력과 육신의 피로로 이어졌다.

그것은 고작해야 5분간의 공방에 지쳤다는 느낌을 받을 정도였다.

'제길. 아직 멀었나?'

항상 냉정하기만 한 정훈도 불평을 쏟아낼 수밖에 없었다. 그만큼 부담되는 일전이었던 탓이다.

공격을 할 수도, 그렇다고 마냥 도주할 수도 없는 난처한 상황. 유일한 희망이라면 아움둠라의 성장인데, 지금까지 열매를 섭취했다는 어떠한 알람도 들을 수 없었다.

그것은 빛이 보이지 않는 컴컴한 터널을 지나는 것과 같은 기분이었다.

'제발, 빨리 해라. 더는 버티기 힘드니까!'

하지만 정훈은 그 진척 상황을 눈으로 확인할 수 없었다. 잠시라도 눈을 돌렸다간 이미르의 공격에 목숨을 잃고 말 테니 말이다.

"키이익!"

수십, 아니 수백의 애벌레가 내뿜은 녹색 액체가 세계수를 적신다.

아움둠라가 섭취할 열매에 가까워지면 가까워질수록 애벌레의 수는 급증해, 처음에는 한두 마리만의 공격을 받았으나 손에 닿을 만한 거리까지 도달하자 그 수는 수백에 달했다.

아무리 급성장한 신살이라도 이 강력한 세계수의 해충 앞에서는 그리 뛰어난 무용을 보이기 힘들었다.

특히 그 수가 수백 마리나 되는 애벌레에 둘러싸인 신살은 고전을 면치 못했고, 결국 많은 사상자를 낸 후에야 비로소 승리의 맛을 볼 수 있었다.

"피해 상황은?"

"사망자 1,215명, 부상자 2,788명입니다."

"으음."

이제야 겨우 하나의 열매에 다가왔을 뿐인데도 4,000명의 전력 이탈자가 생기고 말았다.

물론 아직 19만이라는 건재한 숫자가 있긴 하지만, 문제는 시간이 지날수록 지친다는 것.

계속 처음과 같은 힘을 발휘할 수 있다면 좋겠지만, 그들은 지금 강행군을 치르고 있었다.

몸을 회복할 휴식 시간 따위가 있을 턱이 없기에 시간이 지날수록 피해의 수는 기하급수적으로 증가하게 될 터였다.

"부상자는 이곳에 남기고 간다. 전투가 가능한 인원은 모두 나를 따라오도록."

어차피 주변의 애벌레는 모두 정리한 상황.

언제까지 부상자라는 위험요소를 떠안을 수 없기에 빠른 판단을 내렸다.

가혹하지만 지극히 냉철한 결정을 내린 준형과 신살이 다시금 나무를 오르기 시작했고, 마침내 빛의 가루가 뭉쳐 이루어진 세계수의 열매를 획득할 수 있었다.

"자, 먹어라."

정훈에게 들었던 것을 행해야 할 때.

열매를 손바닥에 올린 후 조심스레 아움둠라에게 건넸다.

음모오!

지금껏 병약한 울음소리만을 내던 아움둠라가 모처럼 활기가 느껴지는 울음을 터뜨렸다.

슈르륵.

길게 내뺀 혀가 열매를 감싼 그 순간 입속으로 빨려 들어갔다.

으적으적.

턱을 움직여 가며 씹은 지 얼마나 지났을까.

—아움둠라가 세계수의 열매를 섭취했습니다.

—아움둠라의 성장도가 10 증가, 이미르의 성장도가 95로 하락합니다.

음머!

세계수의 열매를 섭취한 그 순간 아움둠라는 변화하기 시작했다.

썩은 동태 눈깔처럼 죽어 있었던 눈에 생기가 돌고, 삐쩍

마른 몸뚱이에 살점이 붙었다.

연신 후들거리던 다리도 이제는 제법 굳건하게 버티고 서 있고, 울음소리에도 힘이 느껴졌다.

'이제 겨우 하나.'

하지만 아움둠라의 성장에 준형은 기뻐할 수 없었다.

성과가 없는 건 아니지만, 너무 느렸다.

정훈이 원하는 속도에 맞추려면 지금보다 더욱 빠르게 움직여야만 했다.

"마신의 권속들이여, 내 소환에 응하라!"

촌각을 다투는 임무였기에 72마신을 소환할 수 있는 권한을 양도받은 상태였다.

그들의 체력 소모를 막기 위해 나중에나 활용할 생각이었으나 지금은 전력을 아낄 만한 상황이 아니었다.

"이번에도 잘 부탁드립니다."

더욱 강력해진 마기를 풍기는 72마신들을 향해 고개를 숙였다.

그들은 준형이 아닌 정훈의 종복이다.

어떻게 보자면 같은 휘하의 입장이라고 볼 수 있기에 함부로 대할 수가 없었던 것.

"인사는 필요 없다. 모든 것은 주인님을 위한 일. 해야 할 일을 할 뿐."

제1 권좌의 마신으로 자존심이 유달리 강한 바알이었으나 이제 그는 진심으로 정훈을 인정하고 있었다.

아니, 그뿐만이 아니다. 72마신 모두가 정훈은 주인으로 받아들였다.

그 모든 건 오르비스가 남겨 준 정보 덕분이었다.

위대한 계획의 비밀 중엔 72마신의 충성을 얻을 수 있는 방법이 기록되어 있었다.

마신이 되기 전, 그들 각자의 사연이 담긴 물건을 가져다 주었고, 그 일련의 행위를 통해 진정한 충성을 얻게 되었다. 덤으로 능력의 각성이라는 수확까지 말이다.

현재의 72마신은 예전의 그 허약한 마신이 아니었다. 진정한 능력을 각성하게 되면서 더욱 강력해진 것.

'이들과 함께라면 가능하다.'

그 강력한 힘을 느낀 준형은 희망을 엿볼 수 있었다. 과연 정훈이 최후의 안배로 남겨 놓을 만한 수였다.

"출진!"

72마신이라는 든든한 우군을 얻은 신살이 세계수를 오르기 시작했다.

그 속도는 이전과 비교할 수 없을 정도로 굉장히 빨랐다.

–크아아아!

위험하기 짝이 없는 공격을 연이어 펼치던 이미르가 갑자기 머리를 부여잡은 채 고통에 몸부림쳤다.

쾅, 콰쾅!

그 단순한 몸부림에 의해 주변의 세계가 엉망진창으로 망가졌다.

—아스가르드의 파괴 진척도가 37이 되었습니다. 앞으로 63이 더 진척된다면 이미르가 폭주하게 됩니다.

이미르의 관심을 돌리기 위해 최선을 다했으나 공격 자체를 막는 건 불가능했고, 계속해서 파괴 진척도는 오르기 시작해 어느새 37에 도달해 있었다. 벌써 37이다. 아스가르드가 거의 절반이나 파괴된 것이나 다름없는 것.

'앞으로 9개. 예상보다 시간이 더 걸릴 것 같은데.'

이미르가 고통에 몸부림치고 있는 사이 세계수를 응시했다.

거대해진 몸으로 인해 세계수를 오르는 신살을 단번에 확인하는 게 가능했다.

이제야 첫 번째 열매를 먹인 채 두 번째 열매가 있는 곳을 향해 나아가고 있다. 예상한 것보다 훨씬 더딘 움직임.

'위험을 감수하는 수밖에 없는 건가.'

이제 아움둠라가 10의 성장도를 얻었다.

앞으로 9개의 열매를 더 먹여야만 하는데, 아무리 봐도 예상 시간을 초과할 것 같은 느낌을 지울 수 없었다.

예상 시간을 초과한다는 것은 그가 더욱 시간을 지연시켜야 함을 의미하는 것.

만약 지금 상태가 지속되었다간 이미르가 먼저 세계를 파괴할 판이다

결국 그가 선택할 수 있는 건 목숨을 담보로 하는 위험 속에 몸을 던지는 것뿐이었다.

—이미르, 부순다. 세계를!

아움둠라의 성장은 곧 이미르의 위기이기도 했다.

더욱 광폭해진 원초의 거인이 본격적으로 난동을 피우기 시작했다.

—아스가르드의 파괴 진척도가 39가 되었습니다. 앞으로 61이 더 진척된다면 이미르가 폭주하게 됩니다.

이미르는 눈앞의 상대를 잊은 듯 세계를 파괴하는 것에 열을 올릴 뿐이었다.

물론 이를 가만히 두고 볼 정훈이 아니었다.

쉬익.

지금껏 볼 수 없었던 과감한 공격이었다.

용광검과 엑스칼리번이 십자로 교차된 채 이미르의 몸뚱이를 갈랐다.

터엉.

하지만 소용없는 짓.

이미르는 지금 어떠한 공격도 통하지 않는 무적의 상태였다.

—파괴한다!

도리어 그의 화를 돋울 뿐이었다.

건방지기 그지없는 인간의 공격에 잔뜩 화가 난 이미르가 정훈을 직시했다.

그리고…….

후웅.

정훈을 향한 힘찬 주먹질이 쇄도했다.

조금 전이었다면 피하기 바빴을 것이다.

하지만 정훈은 맹렬한 경고를 보내는 삼안, 감각의 경고에도 반응하지 않았다. 아니, 아예 반응하지 않은 건 아니다.

두 손에 쥔 검을 보관함에 집어넣었다.

지금껏 단 한 번도 손에서 놓지 않았던 태초급의 무기를 놓은 그는 오른손은 위로 왼손은 아래로 놓는, 기묘한 자세를 취하며 이미르의 주먹을 기다렸다.

모든 것을 초월하는 힘, 그리고 속도의 주먹이 마침내 정훈에게 접근한 바로 그 순간이었다.

퍼억.

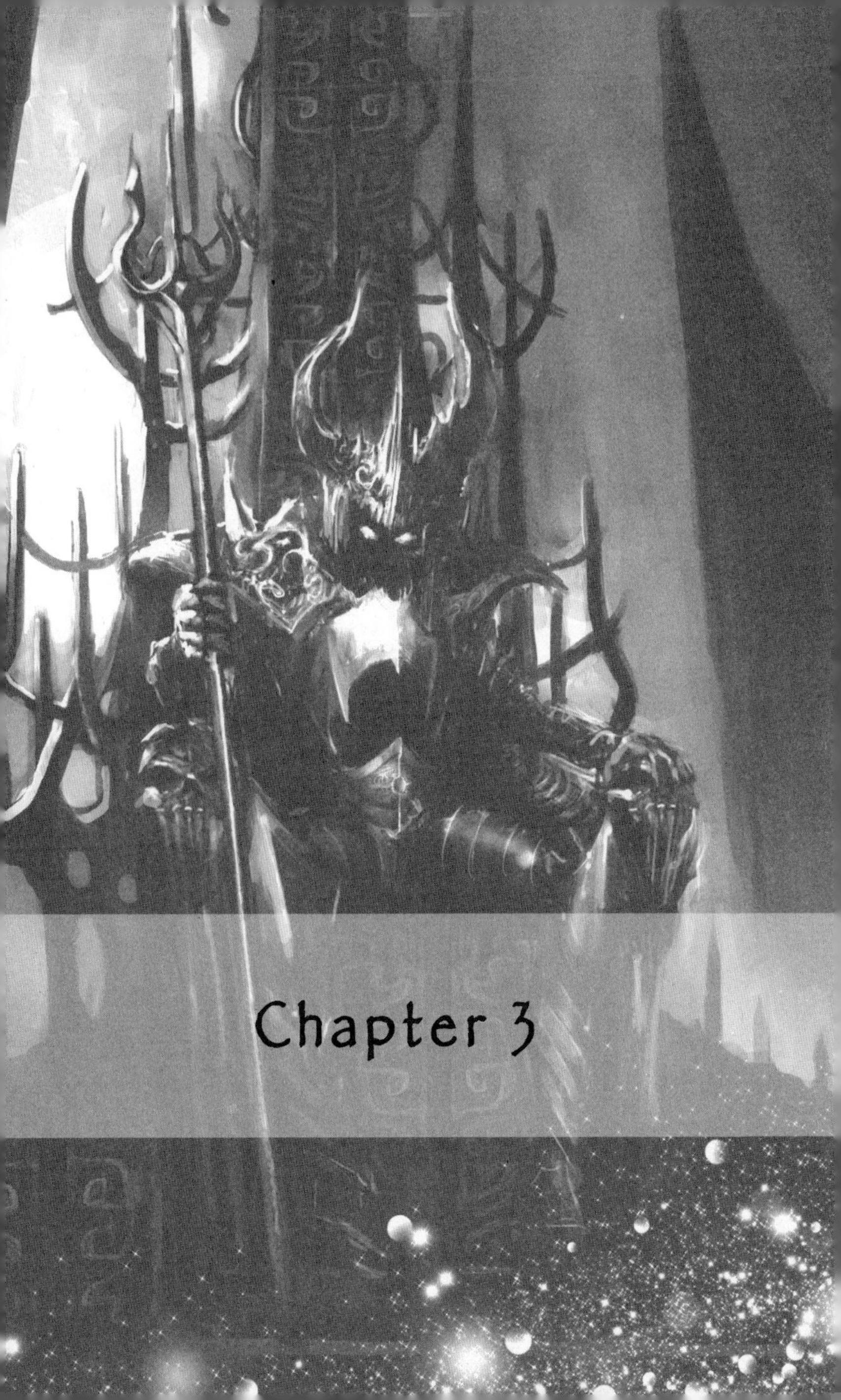

Chapter 3

둔탁한 그 소리는 정훈에게는 죽음의 신호와도 같은 것이었다.

–으응?

하지만 정훈이 삶을 마감하는 일은 없었다.

상대를 향한 그의 주먹은 굽혀진 채로 자신의 복부를 가격한 상태였다.

물론 그건 이미르가 의도한 게 아니었다.

비록 지적 능력이 떨어진다곤 하나 자기 자신을 때릴 정도로 멍청하진 않다.

–파괴!

의아한 것은 순간이었다.

본인의 공격이라 해도 무적이라는 사실에는 변함없는 것.

아무런 피해도 입지 않았기에 재차 공격을 이어 갈 수 있었다.

둔해 보이는 몸집과 달리 곧게 뻗는 일직선의 발차기를 시도했다.

통상적으로 발은 주먹보다 더욱 강력한 위력을 자랑한다.

특히 그것을 행하는 게 원초의 거인 이미르라면 그 위력은 말할 것도 없으리라.

쉬익.

정훈이 움직인 건 어깨까지 다가온 이미르의 발을 확인하고 난 뒤였다.

당장에라도 몸이 찢길 것 같은 위기의 순간, 두 팔을 움직여 물결이 치듯 원을 그렸다.

그 동작은 단순히 육신의 움직임으로 끝나는 것이 아닌 그의 주변, 아니, 이미르의 흐름마저도 바꾸어 놓았다.

뚝.

맹렬한 속도로 쇄도하던 이미르의 발이 공중에서 멈췄다.

–어어?

물론 그것 또한 이미르의 의지가 아니다.

그의 입장에선 귀신이 곡할 노릇이었다.

마치 누군가가 육신을 지배라도 하고 있는 것처럼 의지와는 상관없는 일들이 벌어지고 있는 것이다.

–이익!

단단히 화가 난 이미르의 무차별 공격이 정훈의 육신을 난타했다.

하지만 결과는 달라지지 않았다.

모든 공격이 본인을 가격하거나 중간에 멈춰야만 했다.

물론 그건 정훈이 일으킨 변화였다.

웬만해선, 아니, 절대 받아 낼 수 없는 적의 공격을 파훼할 수 있는 유일한 방법이었다.

그리고 그 단서는 신마의 경험에서 찾을 수 있었다.

오래전, 신마가 한창 강호의 기인들을 상대하고 다닐 무렵에 있었던 일이다.

천하의 이름 난 고수들을 쓰러뜨리는 비무행을 거듭하던 어느 날.

기이한 이끌림을 느껴 안개가 자욱한 산봉우리로 찾아간 그는 그곳에서 백발이 성성한 노인과 마주하게 된다.

느껴지는 기도가 심상치 않다는 것을 느낀 신마는 비무를 요청했고, 노인 또한 이를 마다하지 않았다.

그렇게 시작된 승부는 꼬박 열흘간 계속되었다.

하지만 이 열흘이라는 시간도 두 사람은 승패를 나눌 수 없었다.

그럴 수밖에 없는 게 노인에게 공격을 하고자 하면 중간에 멈춰 뜻을 이룰 수 없었던 탓이었다.

공격을 하고자 해도 어느새 허공에서 멈추었다.

무려 이러한 행위를 열흘간이나 반복했다.

그 결과만을 보자면 무승부라 할 수 있을 것이나 신마는 여실히 깨닫고 있었다.

노인이 진정으로 손을 썼다면 단 1초도 버티지 못한 채 쓰러졌을 거라는 걸.

분한 마음을 간직한 신마가 물었다.

'지금은 이렇게 맥없이 당했지만, 언젠간 기회가 닿는다면 반드시 쓰러뜨릴 것이다.'

당돌한 그의 말에 노인은 웃었다.

'허허. 인세에 이 같은 재능의 아이가 있다니. 과연 예상했던 것만큼 재밌는 아이로구나. 하나 너와 나의 인연은 여기서 끝이 났으니 이 일을 어이할꼬.'

마치 신기루처럼 노인의 존재가 사라질 무렵…….

'이름, 이름을 말해라. 반드시 당신을 찾아갈 테니.'

'이름이라. 한때 사람들은 날 이렇게 부르곤 했지. 장삼봉張三丰. 그래, 장삼봉이라는 이름이었어.'

그렇게 의문의 노인과의 인연은 끝이 났다.

신마는 그날 이후로 장삼봉이라 불린 노인을 다시는 찾을 수 없었고, 유일한 패배를 가슴에 묻어야만 했다.

하지만 아예 수확이 없었던 건 아니다.

천재였던 그는 열흘간 장상봉이 펼친 기묘한 무공을 훔칠 수 있었고, 새로운 영역의 경지에 발을 들일 수 있었다.

물론 고금제일인이라는 자존심으로 인해 그 무공을 다시는 펼친 적이 없었지만, 그의 경험 속에 그 묘리는 고스란히 남은 상태였다.

태극권太極拳. 장삼봉이 창안한 이 신묘한 무공이 정훈의 손을 빌려 펼쳐지고 있었다.

이 무공의 핵심적인 묘리는 주변의 모든 기운을 조종해 자신의 의지대로 만든다는 것이다.

지금껏 이미르가 자신의 의지를 관철시키지 못한 것도 이러한 태극권의 능력 덕분이었다.

상대의 공격을 원천봉쇄해 버리는 태극권의 놀라운 힘 때문에 시간을 지연시키는 것은 물론 파괴 진척도 또한 막을 수 있었다.

"허억, 허억."

하지만 그것이 마냥 좋은 상황만을 뜻하는 건 아니었다.

정훈은 지금 입에서 단내가 날 정도로 지쳐 있었다.

그럴 수밖에 없는 게 세계를 파괴하는 위력의 공격을 받아내는 탓이었다.

자칫 잘못하면 목숨을 잃을 수도 있는 상황에서 태연할 수 있는 존재란 있을 수 없다.

게다가 태극권은 아직 그가 완전히 소화할 수 없는 영역의 공부였다.

어찌어찌 펼치고는 있으나 완성되지 못한 영역의 공부는 그의 육신과 정신을 빠르게 소모시키고 있었다.

'하지만 버텨 내야 한다.'

다른 방법은 생각할 수 없다.

입에선 단내가 나고 몸은 물을 먹은 솜처럼 늘어지고 있었지만, 지금으로선 이 방법이 유일했다.

'제발, 제발 빨리 움직여라.'

그가 할 수 있는 최선을 다했다. 남은 건 세계수를 오르는 준형과 신살의 몫이었다.

콰아아아.

거대한 나비, 세계수의 나비가 일으킨 강풍에 그 주변을 감싼 신살의 진법이 조금씩 헝클어지기 시작했다.

"물러나지 마! 자릴 지켜!"

이를 확인한 준형이 고래고래 소릴 질렀으나 강풍에 묻혀 당사자들에게 닿지 못했다.

세계수를 오르고 올라 꽤 높은 곳까지 도달한 신살은 애벌레에서 나비로 진화한 적을 상대해야만 했다.

더욱 강력해진 적으로 인해 피해는 늘어날 수밖에 없었고, 벌써 절반이 넘는 전력이 이탈한 상황이었다.

물론 그동안 성과가 없는 건 아니었다.
지금까지 아움둠라에게 먹인 열매의 수는 7개.
게다가 바로 눈앞에 8개째의 열매가 위치해 있었다.
화려한 색으로 몸을 치장한 거대한 나비를 물리치지 않고선 가질 수 없는 열매였지만 말이다.
촤악!
구세주는 있었다.
투명의 권능을 발휘한 바알이 뒤쪽에서 나타나 날개를 잘라 버린 것이다.
"지금이다!"
날개를 잃어 특유의 공격을 잃었다.
그 한순간의 틈을 놓치지 않고 신살의 공격이 폭발했다.
콰콰쾅!
비록 절반인 10만의 병력이었지만, 그 공격력은 세계수의 나비를 산산조각 내기에 충분한 것이었다.
흔적조차 남기지 못한 거대 나비를 뒤로한 채 세계수의 열매를 땄다.
음머!
이제는 받아먹는 게 익숙한 아움둠라가 침을 삼키며 열매를 기다렸고, 눈앞으로 다가온 열매를 혀로 감싼 후 삼켰다.

—아움둠라가 세계수의 열매를 섭취했습니다.

–아움둠라의 성장도가 80으로 증가, 이미르의 성장도가 60으로 하락합니다.

벌써 세계수의 열매를 8개나 섭취했지만, 대단한 변화는 없었다.

유일하게 변한 점이라 한다면 젖소였던 아움둠라의 몸이 점차 흰색으로 변하고 있다는 것.

열매를 먹으면 먹을수록 얼룩과 같은 검은 반점이 점차 사라지고 있었다.

"전력 상황은?"

열매를 먹이고 난 후에는 어김없이 전력 상황을 체크했다.

"좋지 않습니다. 이번 전투로 대략 2,000명의 사상자와 6,000명의 부상자가 발생했습니다."

10만이라는 병력 중 1만의 이탈자가 생긴 셈이었다.

"51마신 중 20의 마신이 마계로 복귀했다."

보고해야 할 것은 신살만이 아니었다.

준형의 시선에 바알이 답했다.

막강한 전력인 72마신 중 41마신이 마계로 복귀한 상태였던 것.

'더는 같이 움직이는 게 무리다.'

준형은 빠르게 결정을 내렸다.

9만의 병력이 건재하나 그들 모두 지칠 대로 지친 이들이었다.

수만 많다 뿐이지 알맹이는 없는, 빈 껍질과 같았다.

그나마 다행한 건 아직 남은 31 마신의 상태가 비교적 멀쩡하다는 것이다.

여전히 농도 짙은 마기를 풍겨 대는 게 아직 그들이라면 제몫을 할 수 있을 터였다.

"같이 움직이는 건 여기가 끝입니다."

준형의 그 말이 무엇을 뜻하는지 모를 턱이 없었다.

"모두 준비!"

대영의 외침에 한마음 한뜻이 된 것처럼 모두가 동시에 차력을 발동했다.

쿠우우우.

남은 9만 명이 일으킨 기운의 파도가 준형을 덮쳤고, 절대자가 탄생했다.

비록 10분이라는 짧은 순간 동안에만 유지되는 힘이었지만 말이다.

몸 안에 활개 치는 기운을 느낀 준형이 바알을 힐끗 응시했다.

무슨 말이 필요할까.

준형과 남은 31 마신은 밟고 있는 가지를 박차며 순식간에 신형을 솟구쳤다.

그 속도는 수많은 병력이 함께 움직일 때와는 비교할 수 없을 정도였다.

"키이익!"

"케엑!"

조금 전까지 힘들게 상대했던 세계수의 나비가 속속 모습을 드러냈다.

물론 녀석들의 목적은 준형이 열매를 따지 못하도록 방해하는 것.

스슥.

준형의 손에서 터져 나온 섬광이 다섯의 나비를 가른 그 순간 산산조각 난 몸뚱이가 지면으로 떨어지고 있었다.

20만 병력의 온전한 힘이 이전되지는 않았지만, 9만의 힘이 모인 것만 해도 대단한 것이었다.

이제 남은 건 2개의 열매. 그렇기에 지금 준형은 힘을 아낄 생각도 없이 과감히 모든 능력을 발휘하고 있었다.

'남은 시간은 10분. 그 전에 해결을 봐야 한다.'

차력이 유지되는 시간은 고작해야 10분이다.

마지막 칼을 빼어 든 만큼 서둘러야만 했다.

콰앙!

이미르의 주먹이 아스가드르의 구름 대지를 파괴했다.

—아스가르드의 파괴 진척도가 43이 되었습니다. 앞으로 57이 더 진척된다면 이미르가 폭주하게 됩니다.

줄곧 그 공격을 되돌리거나 아예 끊어버렸던 정훈이었으나 더는 그럴 수가 없었다.

"하아, 하아."

무리하게 태극권을 사용한 탓인지 육신과 정신이 붕괴되었다.

제정신을 유지한 채 서 있는 것만 해도 기적이라 할 만큼 그 상태가 말이 아니었던 것.

초인적인 정신력을 발휘해 이미르의 공격을 막아 내고는 있었으나, 기껏해야 그 방향을 돌리는 것 정도만이 그가 할 수 있는 최선이었다.

공격을 원천봉쇄하지 않는 이상 세계의 파괴를 막을 순 없다.

결국, 지금껏 진행되지 않았던 파괴 진척도가 빠른 속도로 상승하기 시작했다.

퍼억.

"크흑!"

흘리는 것마저도 힘든 상황이었다.

그리고 결국, 우려했던 일이 벌어지고 말았다.

이미르의 공격을 제대로 흘리지 못한 정훈은 오른쪽 어깨에 직격탄을 맞고 말았다.

그 강력한 힘은 그대로 오른쪽 팔을 날려 버릴 정도였다.

물밀 듯 밀려오는 고통을 삼키며 급급히 뒤로 물러났다.

—파괴, 파괴, 파괴!

다행히 더는 이미르가 쫓아오는 일은 없었다.

원초의 거인이 지닌 목적은 세계를 파괴하는 것이지 누군가는 죽이는 게 아니었기 때문이다.

굳이 도망가는 정훈을 쫓지 않은 채 파괴 행위를 지속했다.

—아스가르드의 파괴 진척도가 47이 되었습니다. 앞으로 53이 더 진척된다면 이미르가 폭주하게 됩니다.

—아스가르드의 파괴 진척도가 55가 되었습니다. 앞으로 45가 더 진척된다면 이미르가 폭주하게 됩니다.

이제 정훈으로서도 손쓸 방도가 없다.

그저 지켜보는 것 말고는 할 수 있는 일이 없었다.

마치 지금까지의 파괴를 몰아서 하겠다는 듯 거침없이 세계를 파괴한다.

파괴 진척도가 올라가면 올라갈수록 이미르는 세계수에 접근하고 있었다.

—아스가르드의 파괴 진척도가 76이 되었습니다. 앞으로 24가 더 진

척된다면 이미르가 폭주하게 됩니다.

그리고 한계점이 80에 도달하고 말았다.

'아, 안 돼!'

이미 이미르의 육신은 세계수에 접근한 상태였다.

남은 20 가량은 세계수를 파괴하는 일.

이미르가 세계수를 파괴하기 시작한다면 이 게임은 끝난 것이나 다름없다.

-파괴한다!

마침내 이미르의 주먹이 세계수의 밑 부분을 향해 쇄도할 때였다.

음모오!

아스가르드 전역에 힘찬 소 울음이 울려 퍼졌다.

퍽!

이미르의 주먹이 깊숙하게 파고들었다.

하지만 우려했던 세계수의 파괴는 일어나지 않았다.

음머어어어!

부서지는 세계수의 소리를 대신한 건 힘찬 소의 울음이었다.

이미르의 정면, 그 앞에 서 있는 건 세계수가 아닌 거대한 흰 소, 아움둠라였다.

거신의 물약을 통해 덩치를 키운 정훈조차도 겨우 그 형체를 알아볼 수 있는 어마어마한 크기의 소가 눈앞에 있었다.

얼룩 하나 없이 깨끗한 흰색의 피부는 아움둠라가 완전히 각성했음을 알려주는 증표와 같은 것.

–아움둠라의 성장도가 100으로 증가, 이미르의 성장도가 50으로 하락합니다.

–아움둠라가 태초의 힘을 회복했습니다.

–힘을 잃은 이미르는 젖을 먹던 아기로 돌아갑니다.

이미르와 아움둠라는 상반된 힘을 지닌 연결체.

이미르가 성장하면 아움둠라가 힘을 잃고, 아움둠라가 힘을 얻으면 반대로 이미르가 힘을 잃는 운명을 타고났다.

크아아악!

세계수의 열매를 모두 섭취해 완전한 힘을 회복한 아움둠라, 당연히 반대되는 성질의 이미르는 그 힘을 잃을 수밖에 없었다.

효과는 즉시 나타났다.

거대한 이미르의 몸집이 점차 줄어들기 시작했다.

마치 시간이 거꾸로 흐르는 것처럼 어려지던 이미르는 잠시 후엔 갓 태어난 신생아가 되었다.

하지만 갓난아이라곤 해도 그 덩치는 여전히 거대해 이리저리 버둥대는 몸짓만으로도 주변이 파괴되고 있었다.

'아직, 아직 끝난 게 아니다.'

아움둠라를 완전히 성장시키긴 했으나 아직 안심하기엔 이르다.

갓난아기가 된 이미르가 버둥거리며 아움둠라를 향해 기어가고 있었다.

멀뚱히 서 있기만 한 암소의 젖을 빨아먹기 위한 본능적인 움직임이었다.

만약 이대로 이미르가 젖을 빨게 내버려 둔다면 다시금 힘을 얻은 이미르, 무적을 자랑하는 원초의 거인이 탄생하는 것을 지켜보는 꼴이 된다.

힘겹게 고개를 든 정훈이 주변을 살펴봤다.

신살의 대부분이 지쳐 쓰러진 상태였다.

차력의 지속 시간이 다한 준형 또한 몰려오는 후폭풍에 신음하고 있었다.

결국, 여기서 이미르에게 타격을 줄 만한 공격을 할 존재는 정훈밖에 없었다.

이미 그도 모든 체력과 심신을 한계까지 끌어다 썼지만, 마무리를 해야만 하는 상황이었다.

"으아아아아!"

터져 버린 오른팔.

바닥까지 끌어다 쓴 심력.

녹초가 되어 버린 육신.

그 어디에서도 끌어다 쓸 힘은 남아 있지 않았지만, 정훈은 기어코 쥐어짜듯 남아 있는 모든 기운을 끌어냈다.

우우웅.

이에 반응하듯 미약한 기운이 흘러 나와 서서히 하나의 형상, 반투명한 검을 만들었다.

일전에도 펼친 바 있던 심검이다.

물론 그때와 달리 완벽하지 않은, 미완성의 검일 수밖에 없었다.

하지만 어쩔 수 없는 일.

비록 이미르가 갓난아기가 되어 무적의 힘이 풀렸다곤 하나, 평범한 공격은 소용이 없기 때문이다.

그렇기에 남아 있는 모든 것을 담아 심검을 펼쳐 내야만 했다.

"끝이다!"

비록 찬란한 빛의 형상을 만들지는 못했으나 썩어도 준치다.

강력한 힘을 품은 마음의 검은 이제 막 아움둠라의 젖을 빨려고 하는 이미르의 몸뚱일 세로로 베었다.

좌아악.

이미르의 육신이 반으로 갈라지며 그곳에서부터 방대한 량의 피가 쏟아져 나왔다.

'내 앞에 나타나라!'

그 즉시 지배의 수정구를 통해 나글파리를 소환했다.

"모두 올라타!"

갈라진 이미르의 몸뚱이로부터 쏟아져 나온 피의 파도가 덮칠 무렵, 음성이 울려 퍼졌다.

다급한 그 음성에 모든 이들이 나글파리로 모여들었다.

'제길, 더는…….'

가장 먼저 갑판에 올라선 정훈은 희미해지는 의식을 겨우 붙잡고 있었다.

"사령……."

하지만 당황한 모습으로 다가오는 준형을 눈에 담는 것을 마지막으로 의식을 잃어야만 했다.

"으음."

천근만근처럼 무거운 눈꺼풀을 들어올렸다.

"정신이 드십니까?"

흐릿한 시야 너머로 보이는 그 모습이 누군지 확인하는 건 어려웠으나, 들려오는 음성을 통해서 추측하는 것은 가능했다.

"준형?"

"네. 접니다."

흐릿한 초점이 제대로 잡히기 시작하자 주변을 돌아볼 여유가 생겼다.

마치 마른 오징어처럼 갑판 이곳저곳에 널려 쓰러져 휴식을 취하고 있는 이들의 모습이 가장 먼저 눈에 들어왔다.

갑판 너머를 응시했다.

지금 그들은 이미르에게서 쏟아져 나온 피의 바다를 정처없이 항해하는 중이었다.

"얼마나 의식을 잃고 있었던 거지?"

"시간으로만 보면 사흘 정도입니다."

즉각 나온 준형의 대답에 적잖은 충격을 먹을 수밖에 없었다.

이 위험한 세계에서 사흘이나 의식을 잃고 있었다니.

물론 이미르라는 최강의 적을 쓰러뜨리긴 했지만, 만약 준형이나 다른 누군가가 딴마음을 품기라도 했으면 그의 생은 여기서 끝을 맺었을 것이다.

'아직 멀었구나.'

아무리 좋게 봐줘도 살아남은 게 기적이다.

실력 부족을 통감한 정훈은 여기서 안주하면 안 된다는 사실을 다시 한 번 되새겼다.

복잡한 상념이 머리를 헝클어뜨릴 무렵, 그는 익숙하지 않은 감각을 느낄 수 있었다.

그 근원은 오른팔이었다. 아무런 감각이 없는 그곳엔 있어야 할 팔이 존재하지 않았다.

'아!'

그제야 그는 이미르에게서 잃어버린 오른팔의 존재를 떠올렸다.

"죄송합니다. 어느 정돈 회복시킬 수 있었지만, 재생하는 건 불가능했습니다."

정훈이 의식을 잃고 있는 사이 회복술사들이 치유의 권능을 사용했다.

하지만 소생의 기적과 같은 효과를 기대하기는 힘들었다.

고작해야 출혈과 상처를 아물게 하는 정도였다.

하지만 기대가 없으니 실망도 없는 법.

어차피 정훈은 신경도 쓰지 않았다.

"소생의 기적."

사흘간의 휴식으로 회복된 마력을 방출해 소생의 기적을 발휘했다.

화악.

찬란하면서 따스한 빛이 나글파리를 감싼 순간, 심각한 부상으로 아무렇게나 널브러져 있던 이들이 기적처럼 몸을 일으켰다.

물론 정훈의 오른팔 또한 완벽하게 재생되어 허전한 자리를 채우고 있었다.

소생의 기적이라는 놀라운 권능을 통해 전투 불능의 피해를 입은 3만 명의 부상자가 순식간에 회복되는 순간이었다.

이것으로 치열한 이미르와의 격전 속에서 사망한 5만여 명의 사상자를 제외하면 여전히 15만 명의 전력을 지닐 수 있게 된 것이었다.

"감사합니다, 사령관님."

"사령관님을 모시게 된 건 더할 수 없는 영광입니다."

수많은 치유술사들도 해 내지 못한 기적을 일으킨 정훈에게 감사의 인사를 표했다.

건성으로 그들의 인사를 받아 넘긴 정훈은 시야가 확 트인 갑판의 끝자리로 이동했다.

눈앞에 펼쳐진 건 그야말로 망망대해였다.

물론 일반적인 바다완 달리 시뻘건 피의 바다라는 게 조금은 달랐지만 말이다.

잠시 주변을 훑어보던 그가 보관함을 열었다.

칸칸이 구분되어 있는 네모난 공간의 가장 첫 번째, 그곳에 처음 보는 나침반을 확인할 수 있었다.

'역시.'

의식을 잃어 확인을 못했으나 오르비스의 정보를 통해 나침반이 손에 들어왔으리라 짐작하고 있었다.

뼈로 된 그 나침반은 이미르에게 마지막 일격을 가한 이만이 획득할 수 있는 것.

낙원의 나침반이라 불리는 물건이었다.

핑그르르르.

보관함에서 나온 그 순간부터 맹렬하게 돌아가던 방향 침이 한 곳을 가리켰다.

나글파리는 정훈의 의지에 따라 움직이는 비공선.

곧장 그 방향이 가리키는 곳으로 방향을 틀었다.

슈우욱.

공중으로 선체를 띄운 나글파리는 맹렬한 속도로 나아가기 시작했다.

시공간을 초월하는 나글파리의 엄청난 이동속도는 생각보다 빠른 시간에 그들을 목적지로 인도했다.

정면, 망망대해에 외로이 솟은 작은 섬이 나타났다.

본래는 존재하지 않았던 곳이었으나 이미르의 뼈와 살점이 굳어져 만들어진 섬이었다.

"이곳은?"

보이는 거라곤 새하얀 모래만이 가득한 섬.

그 누구도 이곳에 온 목적을 짐작할 수 없었지만, 그 의문은 잠시간에 불과했다.

–전체 안내 발송.

—신살이 제8 시나리오의 관리자 이미르 처치에 성공.

—신화를 쓴 신살에게 원하는 능력치 대폭 상승의 혜택 부여.

—이미르 처치에 관여한 모든 입문자에게 '언령 : 제8 시나리오의 참가자' 부여.

이번 관리자 처지는 그 공략의 특성상 누구의 공이 크다고 측정할 수 없다.

그렇기에 신살이라는 이름으로 묶여 똑같은 보상을 받게 된 것이다.

언령 : 제8 시나리오의 참가자

획득 경로 : 이미르 처치
각인 능력 : 보물찾기 참가 자격 획득

그런데 세부 정보로 확인한 언령의 효과가 이상하기만 했다.

"보물찾기?"

"도대체 이게 무슨 소린지 알 수가 있나."

이런 식의 단편적인 정보만으로는 도무지 알 수 있는 게 없다.

모두의 시선이 자연스레 정훈에게 향했다.

"……."

하지만 정훈은 그들의 의문에 답하지 않았다.

–보물섬에 온 것을 진심으로 환영합니다!

알람이 알려 줄 것을 알고 있었기 때문이다.

–자, 아직도 어리둥절한 여러분들을 위해 특별히 설명 들어갑니다.

더없이 경쾌한 음성이 귓가에 파고들었다.

–입문자 여러분들이 힘을 합쳐 물리친 제8 시나리오의 관리자 이미르. 그런데 죽을힘을 다해 물리치고 나니 보상이라는 게 형편없어서 많이 놀랐죠? 더는 걱정하지 마시길. 특별히 이번 보상은 보물찾기라는 미니 게임을 통해 분배가 된답니다.

경쾌하기 그지없는 그 알람에 모두가 놀란 마음을 숨기지 못했다. 지금껏 알람이라고 하면 기계적인 음성이 전부였던 탓이었다.

이렇게 존대를, 게다가 감정을 섞어서 말하는 것이 적응이 될 턱이 없었다.

하지만 이런 반응에 아랑곳하지 않은 알람은 계속 자신의 할 말을 이어 갔다.

–그 대상은 제8 시나리오의 참가자 언령을 가진 모든 분들입니다. 그

럼 여기서 의문 하나. 보물은 어디서 찾느냐? 자, 여러분. 주위를 둘러보십시오. 이 섬이 바로 상상도 못할 보물이 묻혀 있는 보물섬이니 말이죠.

이미르를 처치한 보상의 분배는 보물찾기라는 게임을 통해 분배가 된다.

어처구니없게도 알람은 그러한 사실을 고지하고 있었다.

"이게 무슨 말도 안 되는……."

"보물찾기?"

"이걸 믿어야 되는 거야?"

막상 그 내용을 파악한 이들은 하나같이 당황을 금치 못했다.

보물찾기라니. 지금 듣고 있는 게 정녕 사실이란 말인가.

—룰은 간단합니다. 보물섬 이곳저곳에 파묻혀 있는 보물을 발견하는 것. 단, 여기에 제한이 있다면…….

들려오던 알람이 끊어진 후…….

투툭.

단 한 명도 빼놓지 않고 모두의 발 앞에 떨어지는 게 있었다.

"이건?"

온통 검게 칠해진 모종삽이었다.

―보물찾기는 모름지기 평등해야 하는 법. 여러분들은 오직 그 삽을 통해서만 땅을 팔 수 있습니다. 지금 주어진 삽 말고는 어떤 권능으로도 보물섬의 지면을 파헤칠 수 없으니 명심하도록 하세요.

하지만 제한은 그게 다가 아니었다.

"어어?"

"몸에 힘이?"

모종삽을 쥐는 순간 몸에서 힘이 빠져나가는 것을 느낄 수 있었다.

그것도 일부가 아니라 마치 모든 것을 잃어버린 것처럼 허전하기 그지없는 정도였다.

―이것으로 완벽하군요. 이제 여러분들은 처음 이곳으로 소환됐을 때와 같은 초기의 능력치를 지니게 되었습니다. 어떤 권능도 사용할 수 없으며, 능력치도 동일, 그리고 주어진 도구도 똑같죠.

보다 뛰어난 능력치를 지닌 이들의 독주를 막기 위한 능력치의 초기화까지.

지금 이곳에 있는 15만 명은 모두 초기의 능력치로 돌아가 공정한 보물찾기를 할 수 있게 되었다.

―주어진 시간은 30분. 자, 그럼 지금부터 보물찾기를 시작하겠습니다!

단 한 명을 제외한, 그 누구도 예상하지 못했던 보물찾기가 막 시작되었다.

제한된 30분은 지금도 흐르고 있다.

하지만 초조한 마음에도 누구 하나 움직일 생각을 하질 않았다.

모두의 시선이 정훈에게 모였다.

준형이 신살의 대부분을 관리하고 있다지만, 결국 최종 명령권은 정훈이 쥐고 있기 때문이다.

'살아남으려면 무조건 사령관님의 말을 따라야 한다.'

아니, 사실 지위는 그리 큰 의미가 없었다.

정훈의 말을 들으면 자다가도 떡이 생긴다.

더 정확히 말하면 그의 말을 들어야만 오래 생존할 수 있다는 사실이다.

모두가 똑같은 초기의 능력을 지니고 있는 상태가 되었어도 감히 반란을 꿈꾸지 못하는 건 이러한 맥락을 파악하고 있었기 때문이리라.

"내 눈치 볼 것 없어. 보물은 가지는 사람이 임자다."

굳이 신살이라는 이름에 얽매일 필요 없이 개인행동을 허락하는 것이었다.

파파팟.

그 말이 떨어지기가 무섭게 삽질을 시작한다.

다른 건 몰라도 조금이라도 늦게 움직이면 손해라는 건 확실하다.

그렇기에 모두들 입을 굳게 다문 채 모종삽으로 지면을 파기 시작했다.

"정말 괜찮겠습니까?"

보물찾기라곤 하나 단순한 놀이가 아니다.

전력 상승의 발판이 될 수도 있는 무구를 얻을 수도 있는 기회.

그것도 30분이라는 제한 시간이 있는 게임이었다.

하나의 보물이라도 더 얻기 위해선 모두가 단합해야 하는 상황 아니었던가.

게다가 이렇게 개인의 소유권을 승인해 버리면 여러 가지 분란에 휩싸이기 십상이었다.

준형으로선 지금 내려진 정훈의 명령을 이해하기가 힘들었다.

"너 좋을 대로 해. 난 상관하지 않을 테니."

언제나 그렇듯 정훈은 본인이 할 것 외에는 일절 관심도 없었다.

그것을 증명이라도 하듯 무심히 준형을 지나쳤다.

일순간 스쳐 지나가는 정훈의 눈동자에 잠깐이나마 박혀 들어온 건 지금까지의 일거수일투족을 살펴보고 있는 한 사내.

'아슬란이라고 했던가?'

무려 15만이나 되는 이들 중 정훈의 머릿속에 각인되어 있다는 것.

이는 그의 존재가 상당히 뛰어나다는 걸 방증하는 것이었다.

현재 단일 세력으로 거듭난 것처럼 보이는 신살은 사실 두 세력으로 나뉘어져 있었다.

준형을 비롯해 오래 전부터 정훈과 함께해 온 협력 길드의 인원들로 이루어진 구세력과 아슬란을 필두로 모인 신규 세력이 그것이었다.

사실 이들의 갈등은 예견된 것이나 다름없었다.

아무리 준형이라 해도 팔은 안으로 굽을 수밖에 없다.

믿을 수 있는, 오래 전부터 자신과 함께해 온 이들 위주로 전리품을 챙겨 주게 되었고, 이는 신규 세력의 불만을 야기시켰다.

구세력을 견제할 또 다른 힘이 있다고 느낀 그들은 신규로 유입된 이들 중에서 가장 뛰어난 활약을 보인 아슬란을 준형의 대항마로 내세웠다.

정훈의 머릿속에 각인될 수밖에 없었던 것도 준형과 함께 가장 많이 얼굴을 보아 왔기 때문이었다.

'큰 싸움이 벌어지겠군.'

야망으로 번들거리는 그 눈은 결코, 준형의 밑에서 만족할 만한 것이 아니었다.

장담컨대 구세력과 신규 세력 간의 큰 싸움이 벌어질 것이다.

'이것도 이것 나름대로 의미 있는 일이지.'

말릴 생각은 없다.

내부의 갈등은 내부에서 해결하는 게 맞는 일이니까.

어찌 보면 이건 기회다.

쌓이고 쌓인 갈등을 없애고, 진정한 하나의 세력으로 거듭날 수 있는 기회 말이다.

아슬란을 향한 시선을 거둔 정훈이 서서히 멀어져 갔다.

물론 그 행동은 단순히 신살에게서 멀어지려는 의도만 있는 게 아니었다.

그는 지금 머릿속에 그려진 그림에 따라 움직이고 있었다.

그것은 지도, 이곳 보물섬의 모든 보물의 표시가 되어 있는 보물지도였다.

애초에 이 보물찾기란 게임을 공정함과 거리가 멀다.

오르비스의 정보를 통해 모든 위치를 파악하고 있는 정훈이 있기 때문이다.

잠시 주변을 둘러보던 정훈은 손에든 모종삽을 망설이지 않고 지면에 찔러 넣었다.

"큽!"

고작 10센티미터 정도 들어간 모종삽을 빼내기 위해 안간힘을 써야만 했다.

그럴 수밖에 없는 게 지금 정훈은 고작해야 능력치 1을 지닌 나약한 존재에 불과했기 때문이다.

아이템이라도 사용할 수 있다면 좋으련만 이곳 보물섬의 영역에 있는 이상 모든 무구는 그 권능을 잃어버리게 된다.

모든 것을 잃었으나 그래도 정훈 특유의 독기는 여전했다.

손아귀에 느껴지는 충격에도 아랑곳하지 않은 채 삽질을 이어 나갔다.

캉!

꽤 부드럽게 들어가던 삽이 단단한 무언가에 부딪치는 것을 느낄 수 있었다.

찢어질 듯한 손아귀의 충격은 이미 잊었다.

충격이 나타내는 것, 그건 바로 고대하던 보물 상자의 등장을 알리는 것이므로.

정훈은 삽질로 인해 부드럽게 파인 주변 부분을 빠르게 훑어냈다.

그러자 성인의 두 손바닥을 합친 것과 같은 크기의 은빛 테두리의 상자가 모습을 드러냈다.

은의 상자. 오르비스의 정보에 있던 것과 동일한 등급의 상자였다.

사실 이곳 보물섬에는 다섯 등급의 상자가 감춰져 있었다.

그 등급에 따라 목의 상자, 동의 상자, 은의 상자, 금의 상자, 그리고 마지막으로 빛으로 만들어진 광의 상자로 나뉘었다.

당연히 등급이 올라갈수록 그 안에 든 내용물 또한 더 좋을 수밖에 없다.

그런데 왜 정훈은 최고 단계인 광의 상자가 아닌 은의 상자를 획득한 것일까.

그다지 시간이 남아돌지도 않는데 말이다.

'이건 단순한 보물찾기가 아니니까.'

알람이 알려 준 건 단편적이 정보에 불과했다.

보물섬에 갇힌 입문자는 능력치가 초기화되는 것은 물론 삽을 제외한 그 어떤 무구도 사용하지 못한다.

아니, 정확히는 지금까지 사용한 모든 무구의 능력이 봉인된다는 게 옳은 표현일 것이다.

그럼 이곳에 갇힌 사람들은 어떻게 생각하게 될까.

대다수는 삽을 이용해 땅을 파 보물을 획득하면 되는구나. 이런 단순한 결론에 도달하게 된다.

'그게 함정이지.'

단순한 결론에 도달하도록 꾸민 함정이다.

물론 알람이 알려 준 것처럼 단순히 삽을 이용해 땅만 파도 괜찮은 보상을 얻을 수 있다.

하지만 그저 괜찮기만 한 보상은 정훈이 원하는 바가 아니었다.

그가 궁극적으로 노리는 건 보물섬에 숨은 최대의 보상, 광의 상자 3개를 모두 획득하는 것.

그리고 그 일을 위해서 선행되어야 하는 조건이 은의 상자를 열어 지정된 보물을 획득하는 것이었다.

딸칵.

은의 상자를 열었다.

휑할 정도로 빈 공간 안에 달랑 놓여 있는 건 물음표 모양으로 세공된 녹슨 열쇠였다.

그 사용법을 모르는 이라면 실망을 금치 못했을 것이나 정훈은 달랐다.

예상했던 그게 맞다.

더없이 환해진 표정의 정훈이 열쇠를 움켜쥐었다.

'서두르자. 시간이 많지 않다.'

기뻐하는 것도 잠시. 목표로 했던 다섯 개 중 이제 고작 하나를 얻었을 뿐이다.

빈 상자를 바닥에 버려둔 정훈이 길을 재촉했다.

주어진 시간 30분. 이 시간 안에 광의 상자 3개를 얻기 위해선 1초라도 빨리 서둘러야만 했다.

걸음을 재촉한 정훈은 섬의 서쪽 끝을 시작으로 북서, 북, 북동, 동쪽에 묻혀 있는 은의 상자에서 보물을 획득할 수 있었다.

녹슨 열쇠에 이어 그가 획득한 보물은 4개의 무구였다.

특별할 것 없이 지극히 평범한 장검의 보물 검.

평범한 철 투구인 보물 왕관.

평범한 철갑옷인 보물 갑옷.

그리고 어떤 문양도 없이 둥근 모양의 철 방패인 보물 방패였다.

척 보기에도 아무런 능력도 없어 보이는 이 무구 4개는 나름 세트 아이템에 속하는 것이었다.

비로소 4개가 모여야 발동하는 세트 능력은 단 하나.

죽음에 이르는 충격으로부터 착용자를 보호하는 것이었다.

그것도 열 번이나 말이다.

'이제 준비는 끝났고.'

모든 준비가 갖춰지는 데 소요된 시간은 15분.

'조금 빡빡하네.'

예상했던 것보다 무려 2분이나 지연되었다.

하필이면 살갗이 찢어져 그 고통을 감수하며 삽질을 하느라 시간이 더 소요되어 버린 것이다.

1분1초를 다투는 일인 만큼 서두를 수밖에 없었다.

빠른 걸음으로 북쪽을 향해 나아갔다.

섬을 이등분했을 때 정중앙이 되는 지점에 선 그는 곧장 피의 바다를 향해 걸어갔다.

촤아악.

섬의 모래사장을 넘나드는 피의 바다를 보면서도 멈출 기미가 없다.

그렇게 계속 걸어 나가던 그는 어깨가 물에 잠기는 정도가 되었을 때, 숨을 한 번 깊게 들이마신 후 잠수를 시도했다.

"후읍!"

쇠로 만든 무거운 무구를 입고 있으나 그 무게가 잠수에 영향을 미치진 않았다.

겉모습은 평범해 보여도 무게가 느껴지지 않는 경량화 마법이 걸려 있었기 때문이다.

머리를 아래로 향하게끔 한 채로 끊임없이 내려간다.

그렇게 한참 동안 아래로 내려가던 그는 큰 바위 사이에 마련되어 있는 좁은 틈을 발견할 수 있었다.

고작해야 한 사람이 들어갈 수 있는 곳.

그 좁은 틈일 허우적대며 비집고 들어갔다. 다행히 그 틈이 계속 좁기만 한 건 아니었다.

좁은 틈의 뒤에는 넓은 공간이 마련되어 있었고, 게다가 숨을 쉴 수 있는 공간 또한 있었다.

"푸하!"

수면 위로 고갤 들이밀며 참았던 숨을 토해 냈다.

틈의 끝에 마련되어 있는 건 물, 아니 피가 차오르지 않은 동굴이었다.

'진정한 알짜배기는 바로 이곳이지.'

알람의 단편적인 정보에 기대면 빠지게 되는 또 하나의 함정.

알람은 분명 이 섬 전체에 보물이 묻혀 있다고 했다.

그 말인 즉, 섬의 밑에 마련된 동굴도 포함된다는 것.

특히 이 동굴에서만 금의 상자 이상을 획득할 수 있기에 아무리 위에서 삽질을 한들 일정 이상의 결과물을 얻을 수 없다.

물론 대단한 보물이 잠들어 있는 만큼 그 위험도는 삽질만 하는 위쪽과는 비교할 수 있는 게 아니었다.

그렇기 때문에 반드시 필요한 게 4개 무구였다.

무려 10번의 목숨을 보장해 주는 이 무구가 있어야만 위험천만한 길을 뚫을 수 있으니 말이다.

'가자.'

모든 준비는 끝났다.

상념을 거둔 정훈이 무거운 한 발짝을 뗐다.

첨벙.

마치 잡아끄는 것처럼 물웅덩이에 닿는 발이 무겁다.

애써 무시한 채 앞으로 나아가던 그는 막다른 길에 도달할 수 있었다.

굳게 닫힌 철문에 양각되어 있는 건 거대한 보물 상자였다.

보물의 방이라 불리는 곳.

이곳 보물의 섬에서 가장 값진 보물이 잠들어 있는 방이었다.

물론 대단한 보물이 잠들어 있는 만큼 아무나 접근할 수 있는 곳은 아니었다.

정교하게 양각된 보물 상자 밑을 보면 작은 구멍을 발견할 수 있다.

그 구멍에 맞는 열쇠를 지닌 단 한 명만이 보물의 방으로 접근할 수 있는 것이다.

물론 정훈은 그 특별한 열쇠를 가지고 있었다.

보관함에서 꺼낸 건 첫 번째 은의 상자에서 얻었던 녹슨 열쇠였다.

물음표 모양의 그 열쇠가 바로 보물의 방으로 입장할 수 있는 유일한 키였다.

"후우."

한차례 심호흡을 한다.

방 너머에는 지금의 정훈이 견뎌내기 힘든 시련이 기다리고 있다.

'하지만 성장의 기회기도 하다.'

거의 한계까지 이른 정훈의 무력을 한 단계 발전시킬 수 있는 유일한 기회.

그렇기에 위험을 알면서도 돌아갈 순 없었다.

철컥.

구멍에 열쇠를 넣고 돌리는 바로 그 순간, 정훈의 존재가 그 자리에서 사라졌다.

Chapter 4

"모두 주목하십시오!"

정훈이 시야에서 완전히 사라질 무렵, 준형이 크게 소리치며 모두의 행동을 중단시켰다.

혈안이 되어 삽질에 열중이던 이들이 일순간 동작을 멈췄다.

하지만 그 반응을 보면 극명하게 두 가지로 나뉘어 있음을 확인할 수 있다.

누군가는 공손한 자세로 경청하는 반면 또 다른 누군가는 겉으로 드러날 정도의 불만을 담아낸다.

또 다른 특징이라 한다면 경청하는 이들이 준형을 바라보고 있는 것에 반해 불만을 드러낸 이들의 시선은 그의 반대

편, 아슬란을 바라보고 있었다.

그 갈등이 사뭇 노골적이다.

본래는 이렇게 노골적으로 표출된 적이 없었지만, 모든 능력치가 초기화된 지금 상황을 계기로 폭발하게 된 것이다.

"이미 사령관님의 승인이 떨어졌습니다. 1분1초가 아까운 이때 도대체 무슨 일로 중단을 시키는 겁니까?"

신규 세력을 대표해 나온 아슬란이 따져 물었다.

"이렇게 각자 행동해서는 될 것도 안 됩니다. 지금이야말로 모두가 힘을 합쳐 최대한의 성과를 보여야 할 때. 지금부터 부사령관인 제 지시에 따라……."

"하! 그렇게는 힘들 것 같군요."

이미 그 뒷말을 짐작한 아슬란이 코웃음 쳤다.

"다 같이 힘을 모아 보물을 찾아야 한다? 협동? 말이 좋아 협동이지. 그래봐야 당신이나 측근의 배만 불리는 일일 뿐. 애석하게도 더는 그런 일이 없을 겁니다. 뭐 하고 있어? 계속해."

지금까지 준형은 활약에 따른 공정한 분배를 원칙으로 했고, 실제로 그렇게 분배를 해 왔다.

그렇다면 무엇이 문제였을까.

그 갈등의 계기는 정훈이 전해 준 각종 전리품이었다.

지금껏 정훈은 준형을 통해 수많은 무구와 스킬 북 등을 전해 줬었다.

물론 그건 준형만을 위한 것이 아닌 신살의 전력 상승을 위한 선물이었다.

하지만 다른 전리품은 몰라도 정훈에게서 받은 전리품은 온전히 그와 최측근의 손에만 돌아갔다.

준형은 신뢰할 수 있는 이들에게 힘을 실어 주려는 의도였으나 같은 깃발 아래 뭉친 다른 신규세력의 입장에선 불만이 생길 수밖에 없는 일이었다.

활약에 따른 공정한 분배. 말이 좋아 공정한 분배지 사실상 정훈의 전리품을 손에 넣은 이들이 더 많은 활약을 보이는 건 당연한 일 아닌가.

그렇게 벌어지기 시작한 차이를 메꾸는 건 힘든 일이었고, 이것은 점차 신규 세력의 불만으로 이어져 왔다.

지금까진 그 힘이, 무력이 미치지 못해 불만이 있어도 속으로 삭였지만, 이제는 다르다.

모두의 능력과 무구, 그리고 권능까지, 모든 게 초기화 된 지금은 충분히 속의 불만을 내보일 수 있는 것이다.

불만이 극에 이른 신규세력은 아슬란의 명령이 떨어지기 무섭게 삽질을 시작했다.

그리고 준형을 따르는 구세력은 혹여 그들이 보물을 찾을까 두려워한 나머지 초조한 마음으로 준형을 바라보고 있었다.

"지금 부사령관님의 명령을 따르지 않겠다는 겁니까?"

이제는 지켜만 보고 있을 수 없다. 준형의 최측근이자 구

세력의 핵심 간부들이 나섰다.

"명령 불복종이 아닙니다. 이건 어디까지나 불합리한 명령에 대한 거부입니다."

신규 세력의 간부들 또한 한 발짝 앞으로 나서며 팽팽히 맞섰다.

곪아 있었던 상처가 터져 버렸다.

만약 이대로 더 충돌을 두고 보게 된다면 머지않아 무력 충돌로 이어지게 될 것이 뻔한 일.

"그만. 그만하십시오."

준형이 그들 사이를 가로막았다.

힘든 시련을 이겨 내며 생존한 이들이다.

외부 요인도 아닌 내분으로 망가지는 것을 지켜볼 순 없었다.

"의견은 충분히 잘 들었습니다. 그간 많은 오해가 있었던 것 같고, 그것을 당장은 이해시키긴 힘들 것 같군요. 그러니 따로 명령을 내리진 않겠습니다. 각자 하고 싶은 대로 보물을 찾는 것에 집중하십시오."

이렇게 다투고 있는 동안에도 시간이 흐르고 있었다.

고작해야 30분에 불과한 시간을 서로를 이해시키는 일에 허비할 순 없는 일.

지금 당장은 보물을 찾아야만 할 때였다.

"우리는 진즉 그렇게 하려고 했습니다. 방해를 한 건 부사령관님 쪽이고 말이죠."

준형의 양보에 의기양양한 아슬란이 한마디를 내뱉는 것을 잊지 않았다.

"어찌 저렇게 당당할 수가!"

"정말 두고만 보실 생각이십니까?"

그 건방진 태도에 구세력의 간부들이 분통을 터뜨렸다.

'30분이 짧다고만 여겼는데, 그 어느 때보다 길어질 것 같은 이 불길한 느낌은 왜일까?'

어쩐지 불길한 미래만이 그려지는 게 좋지 않은 하루가 될 것만 같은 느낌이었다.

일반적으로 열쇠를 넣고 돌린다는 건 잠긴 문을 여는 행위를 뜻한다.

하지만 보물의 방에 입장하는 열쇠는 특수한 공간 이동 마법을 발동시키는 특수한 조건.

그 조건을 달성한 정훈은 지금 낯설기만 한 곳, 보물의 방 안에 발을 들인 상태였다.

그 어느 때보다 경계 어린 눈으로 주변을 살핀다.

보물의 방 안쪽에 마련된 공간은 거대한 지하 선착장이었다.

오랫동안 관리가 되지 않은 듯 유령선을 연상시키는 허름한 배만이 정박해 있었다.

덜그럭.

주변을 돌아보고 있을 때 거슬리는 소음이 들려왔다.

그의 눈이 빠르게 소리의 근원지로 향했다.

멀지 않은 곳에서부터 다가오는 존재. 그건 오직 뼈로만 이루어진 하급 몬스터, 스켈레톤이었다.

'아니. 유령 해적이라고 불러야겠지.'

물론 정훈은 그 정체를 알고 있었다.

보물의 방을 떠돌아다니며 그들의 보물을 지키는 존재, 유령 해적이라 불리는 것들이었다.

능력은 보잘 것 없다.

처음 이곳에 소환되면서 상대했던 나약한 고블린 정도.

문제는 지금 정훈의 수준도 그리 나을 게 없다는 것이다.

'그래도 아직 10개의 목숨이 있다.'

보잘 것 없는 그가 믿을 것이라곤 은의 상자를 열어 획득한 보물 세트뿐.

4개 세트를 모아 얻은 10개 목숨이 고스란히 남아 있었다.

쉬익.

어느새 가까이 다가온 유령 해적이 손에 든 시미터를 휘둘렀다.

지금까지완 달리 궤적이 보이지 않는다.

능력치 1에 아무런 스킬도 지니지 못했으니 당연한 현상이었다.

하지만 그간의 경험은 고스란히 남아 있다.

정훈이 한 일은 끝까지 눈을 떼지 않는 것이었다.

어차피 상대 또한 보잘 것 없는 건 마찬가지다.

겁을 먹지 않고 끝까지 바라볼 수 있다면 충분히 피할 수 있는 것.

사선으로 떨어지는 검을 똑바로 바라보며 몸을 틀었다.

스팟.

"크!"

생각지 못한 건 본인의 몸이 얼마나 둔하냐는 것이었다.

이상은 그것보다 더 빨리 움직일 수 있을 것 같았는데, 현실은 그렇지 않았다.

오른쪽으로 몸을 틀어 피하긴 했으나 어깨를 살짝 스치고 지나가는 통에 옅은 검상을 입을 수밖에 없었다.

불에 덴 것처럼 화끈한 고통이 몰려왔으나 애써 무시했다.

이 정도 고통은 익숙하다.

그렇기에 망설이지 않고 손에 든 장검, 보물 검을 휘두를 수 있었다.

빠각.

살점이 없는 해골뼈다귀인 탓에 베지는 못했다.

다만 갈비뼈와 충돌하며 왼쪽 갈비뼈 2개를 날릴 수 있었다.

하지만 유령 해적 또한 고통을 모르는 존재. 떨어져 나간 갈비뼈에 아랑곳하지 않은 채 시미터를 횡으로 베었다.

감히 연속 공격을 가할 생각을 못한 채 한 발짝 뒤로 물러났다.

아슬아슬하게 시미터가 그의 가슴을 스치고 지나갔고, 그 즉시 지면을 박찬 채로 튕겨져 나갔다.

"으랍!"

힘을 실은 몸통박치기가 유령 해적에게 적중.

그 힘을 이기지 못한 유령 해적과 정훈이 한 몸이 되어 나뒹굴었다.

쓰러지는 그 찰나의 순간에도 정훈은 집중을 놓지 않았다.

그의 눈은 오로지 유령 해적의 오른쪽 무릎에 향해 있을 뿐이었다.

고통을 느끼지 않는 녀석들의 약점이라면 행동을 제약할 수 있는 팔인바 다리의 관절 부위다.

생각이 미치는 순간 검의 손잡이로 유령 해적의 오른쪽 무릎을 강하게 쳤다.

빠악.

뼈가 밖으로 드러난 있는 탓에 작은 충격에도 쉽게 부서진다.

젖 먹던 힘까지 다한 정훈의 일격에 오른쪽 관절이 부서지며 그 아래 부분이 뭉텅이로 떨어져 나갔다.

오른발을 잃었으나 그래봐야 고통을 느끼지 않는 건 매한가지.

품 안에 들어온 정훈에게 시미터를 찔렀으나 그보다 먼저 손을 낚아채어 유연하게 한 바퀴를 돌랐다.

뿌득.

그 속도와 힘을 감당하지 못한 오른팔이 요란할 소릴 내며 뜯겨졌다.

이동에 필요한 오른발과 공격수단인 오른팔이 모두 뜯겨져 나간 것.

이후의 일이야 너무도 간단했다.

쓰러져 버둥거리는 녀석에게 무자비한 공격을 선물해 주었다.

뽀각.

머리통에 쑤셔 넣은 검을 마지막으로 유령 해적의 발버둥이 멈췄다.

핵이 되는 머리통이 산산조각나면서 마침내 무로 돌아간 것이다.

툭.

소멸한 유령 해적의 곁으로 작은 주사위가 떨어졌다.

그것은 뼈로 만든 운명의 주사위.

하지만 보통의 것과는 달리 모든 면에 '?'가 새겨져 있는 의문의 주사위였다.

보통 운명의 주사위라 하면 각 면에 1부터 6까지의 숫자가 새겨져 그 숫자에 따라 효과를 받는다.

하지만 지금 떨어진 주사위에는 물음표만 있을 뿐, 다른 어떤 숫자도 찾아볼 수 없었다.

그도 그럴 게 그것은 일반적으로 알고 있는 운명의 주사위가 아닌, 지령의 주사위라 불리는 것이었다.

사실 정훈이 노린 건 보물만이 아니었다.

유령 해적들을 처치해 얻을 수 있는 지령의 주사위 또한 그의 목표 중 하나였던 것.

'숨겨진 성장 요소라고 해야 할까?'

현재 정훈의 도달한 현신의 경지는 일반적인 시나리오로 성장이 불가능한 정도였다.

메인 시나리오를 클리어해도 기껏해야 2~3단계 정도의 능력치 성장을 이룰 수 있을까 그 이상은 무리였다.

성장은 더딘데 비해 아직도 남은 적들의 힘은 강력하기 그지없었다.

단적인 예로 이번 시나리오의 관리자인 이미르의 경우에도 운이 따라주지 않았다면 반대로 당하는 쪽은 그였을 것이다.

이제 겨우 8막이다.

아직 9막과 10막의 적을 남아 있기에 지금의 성장으로는 만족할 수 없는 게 당연한 일.

그리고 이 지령의 주사위는 정체되어 있던 정훈의 성장속도를 빠르게 앞당겨 줄 촉진제의 역할을 할 것이었다.

혹 다른 적이 있지 않을까 주변을 살피던 정훈은 안전을 확인한 후에야 지령의 주사위를 높게 던졌다.

데구르르.

지면을 굴러가던 주사위가 멈췄다.

그리고 주사위에서 흘러나온 빛이 홀로그램처럼 허공을 수놓았다.

그것은 처음 보는 문자. 하지만 이전부터 알고 있었던 것처럼 그 뜻이 머릿속에 들어왔다.

유령 해적 처치

난이도 : 최하급
임무 : 보물의 방 안을 떠도는 유령 해적 3마리 처치
보상 : 힘의 열매 조각(1/10)

지령이라는 단어가 괜히 붙은 게 아니다.

주사위를 굴리게 되면 특수한 임무가 부여되는데, 이 임무를 해결하게 되면 보상을 받을 수 있는 형식이었다.

첫 번째 임무라 그런지 난이도는 최하급, 보물을 얻기 위해서 반드시 마주쳐야 할 유령 해적 3마리를 처리하는 것이었다.

'남은 시간은 10여 분 정도인가.'

훌쩍 시간이 지나가 남은 시간은 10분밖에 없었다.

아직 원하는 보물을 하나도 찾지 못한 상황에 고작 10분이란 시간은 그 모든 것을 획득하기엔 너무도 부족했다.

하지만 정훈에게서 불안이나 초조한 기색을 찾아볼 수 없었다.

조급해하지 않은 채 천천히 걸음을 옮긴다.

서둘러서 좋을 게 없다는 것을 너무도 잘 알고 있기 때문이다.

섣불리 움직이는 순간 일을 그르친다.

숨통을 조여 오는 시간에도 차분하게 움직일 수 있는 건 그렇게 계속 되뇌고 있기에 가능한 일이었다.

드드득.

그의 시야에 녹슨 무기로 무장한 유령 해적 둘이 나타났다.

갑자기 허공에서 짠하고 나타나는 게 아니다.

유령 해적은 일정 범위 내에 들어온 입문자의 발소리와 진동을 인식하고, 지면을 뚫고 나온다.

그 모습은 영락없이 지옥에서 튀어나오는 망자와도 같아 보였다.

이것이 급하게 움직일 수 없었던 이유 중 하나였다.

빨리 움직이겠다고 여기저기를 들쑤시고 다니면 수많은 유령 해적을 상대할 수밖에 없기 때문이다.

'두 마리라…….'

물론 그 모든 법칙을 안다고 해서 유령 해적이 등장하는 위치나 수마저도 알고 있다는 건 아니다.

설마하니 벌써부터 유령 해적 둘을 상대하게 될 줄은 그도 예측하지 못한 사실이었다.

그렇기에 서둘러야만 했다.

유령 해적이 지면을 뚫고 나온 후 3초.

이 짧은 시간 동안 녀석들의 시야는 불안정하다.

그 증거로 시커먼 녀석들의 안구에 깃든 푸른 안광이 흐릿한 것을 확인할 수 있다.

선수필승先手必勝.

지금 이 순간만큼 그 격언이 맞아떨어지는 적은 없다.

탓.

지면을 뚫고 나오는 유령 해적을 확인하는 즉시 몸을 날렸다.

초기화된 능력치로 인해 대단한 몸놀림은 보여 줄 수 없으나 망설이지 않는 그 행동력은 빠른 접근을 가능하게 했다.

상대를 자신의 간극 안에 넣은 순간 가장 위협이 되는 무기를 쥔 팔의 관절을 후려쳤다.

사실상 검이란 게 무언가를 베거나 찌르라고 있는 것인데, 상대가 상대다 보니 후드려 패는 것 이외의 용도를 기대하긴 힘들었다.

그래도 없는 것보단 낫다.

검이라도 있으니 이 정도의 공격 거리를 유지할 수 있는 것이니 말이다.

꽈득.

궤적을 그린 그의 검은 정확히 관절을 가격했다.

하지만 생각보다 단단하게 붙어 있었던 듯 그 정도 충격에 팔이 떨어지는 일은 없었다.

'얕았나?'

목표를 맞추기 위해 힘을 조절한 것이 화근이었다.

다행히도 녀석은 관절에 받은 충격으로 비틀대고 있었다.

하지만 또 다른 유령 해적이 샴쉬르를 휘둘렀다.

카앙!

조금 전에는 제대로 활용을 하지 못한 보물 방패를 이용해 공격을 막았다.

"큽!"

손목을 통해 전해져 오는 충격에 절로 신음을 내지른다. 하지만 충격에 신경 쓸 여력은 없었다.

상대는 둘인데 반해 자신은 하나다. 그 말인즉 조금이라도 더 바삐 움직여야 함을 뜻하는 것이었다.

"하압!"

방패에 닿은 샴쉬르를 밀어내 유령 해적의 균형을 잃게 만들었다.

사실 별다른 수로는 보이지 않으나 뼈로만 이루어진 녀석들은 균형을 잡는 것에 취약점을 보인다.

과연 효과가 있었는지 중심을 잡지 못한 채 비틀거리는 녀석의 모습이 눈에 들어왔다.

쉬익.

하지만 그것에 신경 쓸 틈이 없다.

처음 공격당했던 유령 해적공격을, 횡으로 시미터를 베어오고 있었기 때문이다.

공격을 막느라 상대에게 등을 보인 상황. 시야에 들어오지 않는 사각의 공격은 당할 수밖에 없는 것이었다.

카캉.

아무렇게나 휘두른 정훈의 검이 그 경로의 궤적을 가로막았다.

아무렇게? 아니. 그것은 아무렇게나 휘두른 것도, 우연의 일치도 아니었다.

능력치는 초기화됐어도 경험은 그대로다.

지금껏 정훈은 수많은 생사의 위기를 넘겨온, 그야말로 역전의 용사였다.

지금까지 겪었던 전투 경험은 고스란히 그의 뇌리에 남아있었고, 고작해야 최하급의 언데드 따위가 부릴 수 있는 수는 진즉에 머릿속에 그려진 상태였다.

다만 한 가지 문제가 있다면 상대의 힘을 막아도 막은 것 같지 않은 힘의 부재라 할 수 있을 것이다.

'부족한 힘은 기술로 메꾼다.'

시미터의 궤적을 막는 그 순간 손목에 힘을 주어 교묘하게 방향을 비틀었다.

마치 나비가 나풀거리듯 유연하게 그려진 반원과 함께 시미터가 보물 검을 스쳐 지나간다.

덜그럭.

충돌을 기대했던 유령 해적은 갑작스럽게 힘이 빠져 버리자 우스운 모양새로 비틀대며 앞으로 쓰러졌다.

상대의 힘을 역으로 이용하는 고습의 기술을 펼쳐 낸 것이다.

조금 전까지는 나약해진 본인의 육체에 적응을 하지 못해 펼칠 수 없었으나 유령 해적과의 일전을 통해 그 수준을 가늠할 수 있게 되었다.

근력, 순발력, 체력, 마력은 모두 사라졌어도 깨달음은 그대로. 육신의 능력을 파악만 한다면 지금과 같은 고급 기술을 구현하는 것도 어렵지 않은 일이었다.

콰득.

앞으로 꼬꾸라진 유령 해적의 머리통을 짓밟았다.

녀석들의 머리는 육신을 움직이는 동력원이자 약점이기도 한 곳.

그 간단한 발짓에 의해 산산이 부서지고 말았다.

피잉.

감각이, 그리고 오랜 경험의 예측이 경고를 보내 왔다.

'뒤로 한 발짝.'

마치 누군가 귀에다 대고 속삭이는 것처럼 들리는 음성에 따라 한 걸음 뒤로 물러났다.

스윽.

조금 전 그가 있던 자리로 샴쉬르가 스치고 지나갔다.

대략 1센티미터 정도의 공간만을 남겨 두는, 그야말로 아슬아슬한 회피.

그 찰나의 순간 정훈의 눈동자가 정면의 유령 해적에게 향했다.

단지 한 번 쳐다봤을 뿐이다.

'오른쪽 40도 각도로 사선 베기.'

환청처럼 아련한 음성이 들려온다.

물론 그것은 누군가의 의지가 아닌, 정훈 본인의 것이었다.

찰나의 순간 한 번 쳐다보는 것만으로 가장 빠른 동선을 완벽하게 그려 낸 것.

콰득.

사선으로 그어진 보물 검은 정확히 유령 해적의 오른팔을 절단 냈다.

관철 째로 날아간 오른팔은 승부를 결정짓는 것이나 다름없었다.

남은 왼팔을 이용해 공격을 하려 했으나 그보다 더 정훈의 발차기가 빨랐다.

빠억.

정통으로 가슴에 맞은 유령 해적의 갈비뼈가 우수수 떨어진다.

팔에 이어 갈비뼈까지 작살나자 행사장에서나 볼 수 있는 풍선처럼 이리저리 위태롭게 흔들린다.

콰드득.

이후야 무척 쉬운 일이었다.

간결한 동작에서 나온 찌르기가 상대의 머리통을 깊숙하게 파고들었다.

후두둑.

산산 조각난 유령 해적의 뼈가 지면에 흩어졌다.

하지만 그곳에 있는 건 녀석의 뼈만이 아니었다.

물음표로 뒤덮인 지령의 주사위 하나가 놓여 있었다.

'운이 좋군.'

두 마리를 처치해 하나의 주사위를 얻었다.

이미 그 대목에서부터 지령의 주사위의 드롭 확률이 100퍼센트가 아님을 알 수 있다.

실제로 지령의 주사위가 드롭될 확률은 고작해야 20퍼센트밖에 되지 않는다.

그런데 3마리를 처치해 2개를 얻었으니 운이 꽤 트였다고도 볼 수 있는 것 아니겠는가.

'점차 몸에 적응이 되어 가고 있어.'

하지만 정훈의 관심은 눈앞에 있는 지령의 주사위가 아닌 본인의 몸 상태였다.

처음에는 무리가 아닐까 염려하기도 했지만, 적응해 갈수록 새로운 희망을 엿볼 수 있었다.

'좀 더 빨리 감각을 되찾는다면 가능할 수도 있겠어.'

본래의 목적인 3개의 꽝의 상자만이 아니라 부수적인 것들까지 얻는 원대한 계획을 말이다.

하지만 그 일을 위해선 먼저 선행되어야 할 조건이 있었다.

이제 남은 시간은 7분 34초.

유령 해적 둘을 쓰러뜨린 시간 치고는 준수하다 할 수 있지만, 목표를 이루는 덴 턱없이 부족한 시간이었다.

서둘러 바닥에 놓인 지령의 주사위를 집어 공중으로 집어 던졌다.

지면을 구른 주사위가 멈추고, 마침내 허공에 특수한 문자를 띄웠다.

금의 상자는 어디에?

난이도 : 중급
임무 : 보물의 방 안에 놓인 금의 상자를 열어라
보상 : 순발력의 열매 조각(1/3)

'이번에도 꽝.'

중급의 임무라 나름 기대를 했건만, 기대하던 임무가 아니었다.

두 번째도 꽝.

처음과 달리 조금은 조급한 마음을 가질 수밖에 없었다.

'별수 없지. 모험을 감행하는 수밖에.'

이대로 시간을 보냈다간 목적을 달성하지도 못한 채 끝을 맺게 될 것이다.

결국, 지금 해야 할 일이란 건 조금 위험하더라도 목적을 달성할 수 있는 길을 선택하는 것. 마침 금의 상자를 얻어야 하는 임무도 생긴 마당이니 더할 나위 없었다.

'속도를 내 볼까.'

조심스럽게 전진하던 조금 전과는 달리 대담하게, 속도를 내어 전진한다.

드드득.

그가 지나가는 길 사이사이로 유령 해적이 모습을 드러냈다.

그 수만 해도 무려 다섯이었다.

'다섯 정도면 적당하지.'

현재 자신이 지닌 힘을 과신하거나 그렇다고 과소평가하지도 않는다.

다섯이라면 힘들게 상대할 수 있는 정도로 판단되었다.

덜그럭.

막 지면을 뚫고 올라오는 녀석들을 향해 몸을 튕겼다.

"나, 나왔다!"

마치 사막에서 오아시스를 발견한 것처럼 환호성이 울려 퍼졌다.

한창 삽질에 열중이던 이들이 하던 행동을 멈춘 채 그곳으로 시선을 돌렸다.

"어, 이런!"

그제야 자신의 실수를 깨달은 것일까.

모두의 시선을 한 몸에 받은 사내가 재빨리 손에 든 상자를 품에 안았다.

구리색의 테두리로 장식된 그것은 지금껏 볼 수 없었던 은의 상자였다.

이 지루한 보물찾기가 시작된 지 벌써 15분이 흘렀다.

물론 그 시간 동안 많은 이들이 보물 상자 찾기에 성공했으나 그 대부분이 목의 상자였고, 동의 상자는 손에 꼽을 정도에 그쳤다.

그런 와중에 한 번도 보지 못한 은의 상자가 나타난 것이다.

동의 상자만 해도 각종 태고급의 무구를 얻을 수 있었다.

물론 당장은 사용할 수 없다는 제한이 걸려 있으나 보물찾기가 끝난 이후엔 고스란히 전력의 발판이 될 것은 명확한 일.

동의 상자만 해도 모두가 탐을 낼만한 보상이 들어 있었다. 그런데 은의 상자라면 어떻겠는가.

어쩌면 정훈을 제외하면 지금껏 그 누구도 가지지 못했던 태초급의 무구를 얻을 수도 있지 않을까.

'분위기가 이상하게 흐르고 있어.'

준형은 터무니없이 돌아가고 있는 장내의 분위기를 읽었다.

그것은 탐욕이었다.

보물찾기가 시작된 이후로 스멀스멀 기어 올라오기 시작한 이 타락한 감정이 사람들을 좀 먹고 있었다.

아니. 고작 그 정도라면 넘어갈 수 있다. 시기와 질투란 건 인간이 지니는 기본적인 옵션과도 같은 감정이었으니 말이다.

문제는 저기, 신규 세력에 속하는 이들이 내뿜는 노골적인 적의였다.

은의 상자를 얻은 건 준형의 휘하에 있는 구 세력의 간부 중 하나였다.

현재 구 세력과 신규 세력은 신살이라는 이름 아래 모여 있었으나, 거듭된 불만과 갈등으로 울타리를 반쯤 벗어난 상태였다.

지금까지야 준형의 중재로 겨우 그 사이를 이어 가고 있었으나 계기가 될 만한 작은 불씨라도 발생했다간 터지고 마는 것. 하필이면 이 타이밍에 나타난 은의 상자는 그 도화선이 될 게 틀림없었다.

"씨팔, 거긴 내 구역이잖아."

준형이 막 그곳으로 다가가기도 전, 불씨는 타오르고 있었다.

"무슨 개소리야. 어딜 봐도 여긴 내……."

은의 상자를 획득한 사내, 자운은 반박하려던 말을 멈출 수밖에 없었다.

혹시 모를 다툼을 없애기 위해 각자가 마련해 놓은 영역이 정해져 있었다.

지금 그가 파 놓은 흔적을 살펴보면 바닥에 그어 놓은 선, 바로 옆자리의 영역을 침범한 상태였다.

하지만 그 부분이 조금은 애매하다.

물론 침범하긴 했으나 살짝 걸치는 정도.

사실상 90퍼센트 정도는 그의 영역에 해당되는 부분이었기 때문이다.

"이봐, 어딜 봐서 네 영역이라는 거야. 그저 살짝 금을 넘어간 정도잖아."

"살짝 넘어가? 살짝 넘어가면 넘어간다는 건 누가 정했지? 어디까지나 그건 보물 상자가 나온 건 내 영역에 걸쳐 있었기 때문이다. 그러니까 상자에서 나온 전리품도 반으로 나누는 게 맞는 거 아니겠어?"

애초에 시비를 건 것은 그 결과물을 독차지하겠다는 게 아니다.

어떻게든 공동의 소유로 돌려 그들의 독점을 막으려는 것이었다.

구 세력과 신규 세력은 지금 서로 힘을 합해야 하는 공동체가 아니라 어떻게라도 견제를 해야 하는 적이었으니 말이다.

"잠깐만. 그건 아니지."

"지분을 따져도 9 대 1 정도인데, 반을 가져가는 게 말이나 되냐고."

그 빤한 의도를 알아챈 구세력이 모여들기 시작했다.

"지분이라니. 조금이라도 영역을 침범했으면 당연히 반으로 나누는 게 맞지."

"애초에 그 영역을 침범하지 않았으면 얻을 수도 없는 거잖아?"

물론 신규 세력 또한 지지 않겠다는 듯 모여들었다.

"잠깐, 잠깐! 모두 진정하십시오."

본격적으로 불씨가 옮겨 붙기 전에 꺼야만 한다. 그것을 깨달은 준형이 다급히 두 세력의 사이를 가로막았으나 고요 속의 외침에 불과했다.

"뭐라고? 지금 협박하는 거야?"

"협박? 정당한 논리를 협박이라 우기다니. 어처구니가 없네."

"이거 한번 해보자는 거지?"

"씨팔. 누가 하라면 못할 줄 알고."

불씨라 생각했으나 이미 그건 불씨가 아니었다. 모두의 가슴을 태우고 있는 건 불의 재앙, 그 어떤 것으로도 끌 수 없는 화마火魔였다.

'늦었다!'

만약 초기화되기 이전의 힘, 모두를 압도할 수 있는 힘이 있었다면 초기에 진화를 시도할 수도 있었을 것이다.

하지만 지금의 준형, 신살의 부사령관이나 그 이름은 아무런 소용도 없었다.

그 이름을 뒷받침할 수 있는 무력이란 게 존재하지 않기 때문이다.

'이들의 파멸을 두고 볼 순 없다.'

이대로 내분을 지켜보는 것, 그들의 파멸을 두 눈 뜨고 바라만 볼 순 없지 않은가.

"잠깐만 제 말을……."

푸욱.

하지만 그는 목소리를 제대로 낼 수 없었다.

그것은 실수였다.

누간가가 휘두른 검을 우연히 빗겨 쳐 냈고, 우연히 그곳에 있었던 준형이 몸을 트는 그 순간, 우연하게도 검이 파고들고 만 것이다.

"커헉!"

목구멍까지 차오른 고통에 신음을 내뱉었다.

그냥 참고 넘길 만한 상처가 아니었다.

운이 없게도 갈비뼈 사이를 뚫고 들어와 정확히 폐를 쑤시고 말았다.

"부, 부사령관님!"

"이 새끼들이!"

내분을 막기 위해 중재를 하려던 준형.

하지만 이런 그의 의도는 오히려 내분을 가속화하는 계기가 되고 말았다.

카카캉!

마치 서로 다른 색을 지닌 이들처럼 두 세력으로 나뉘어 손속을 섞는다.

'피할 수 없는 운명이라는 건가…….'

흐릿한 의식 속에서 준형은 느낄 수 있었다.

어쩌면 이번 보물찾기는 보물을 찾는 단순한 과정이 아니라 인간의 내면을 시험하는 무대가 아닐까.

뒤늦게야 깨달을 수 있었던 사실을 떠올리며 서서히 의식을 잃었다.

털썩.

지면에 몸을 누인 그의 주위로 서로의 목숨을 빼앗으려는, 한때는 아군이었던 이들이 살벌한 전투를 시작하고 있었다.

틈을 노리던 정훈의 보물 검이 유령 해적의 머리통을 베었다.

서걱.

그래도 단단한 뼈로 이루어진 머리통이 그대로 갈라지며 지면에 떨어졌다.

자신의 힘을 가늠할 수 있게 되면서 속도와 힘의 타점의 조화를 완벽하게 이룰 수 있었다.

그 결과는 단단한 머리통을 가르는 결과로 나타났다.

능력치에는 한 점 변함이 없으나 유령 해적들과의 전투는 정훈의 나약한 능력을 새로운 경지로 이끌고 있었다.

그 증거는 금방 드러났다.

유령 해적 다섯을 처리하고서도 잔부상 하나 없는 지금은 조금 전의 정훈이라고는 생각할 수도 없는 것이었다.

"쯧. 겨우 하나로군."

유령 해적 다섯을 처리했지만 나온 것이라곤 지령의 주사위 하나가 전부였다.

본래의 드롭 확률인 20퍼센트에 적합한 결과라고 할 수 있으나, 원하는 것이 나오지 않는 현 상황에선 답답할 수밖에 없었다.

'이번에도 꽝이면 곤란한데.'

그러지 않기를 바라지만, 그럴 확률이 더 높다는 건 인정할 수밖에 없다.

원하는 임무가 나올 확률이 저조하다는 것 알고 있었기 때문이다.

잠시 호흡을 가다듬은 후 지령의 주사위를 굴렸다.

15초면 충분해

난이도 : 상급
임무 : 유령 해적 다섯을 15초 안에 연속으로 처리
보상 : 보물찾기 시간 +1분

"좋아!"

기쁜 마음에 소리를 지르고 말았다.

그토록 바라고 바라던 임무가 생성된 것이다.

쫓기는 시간에도 지금껏 여유를 남겨 둘 수 있었던 건 보물찾기 시간을 늘려 주는 임무가 있다는 사실을 파악하고 있었던 탓이다.

해당 임무를 완수하면 임무를 완수한 이에 한해 보물찾기 시간이 늘어난다.

물론 시간이 늘어나는 임무의 경우 상급과 최상급으로만 이루어져 있기 때문에 웬만하면 해결하기 힘든 경우가 많다.

'지금의 상태면 문제없다.'

몸을 풀릴 대로 풀렸고, 육신의 가늠도 끝난 상태.

15초 안에 연속으로 유령 해적 다섯을 제거해야 하는 임무에도 주저하는 기색을 찾아볼 수 없다.

남은 시간은 6분.

'완벽한 상황을 만들기 위해선 금의 상자부터 공략이다.'

광의 상자에 도전하기엔 여유 시간이 너무 없었다.

우선은 금의 상자를 공략해 완벽한 상황을 만들어야 할 터였다.

정훈의 시선은 선착장에 정박해 있는 배중 가장 오른쪽, 그와 가장 가까운 곳에 있는 곳으로 향했다.

그곳을 바라본 순간 곧장 걸음을 옮겼다.

처음에는 천천히 걷는 듯 하더니 어느새 속도를 올려 뜀박질을 시작했다.

속도는 거침없이 빨라져 어느새 목적한 배를 눈앞에 둘 수 있었다.

덜그럭, 덜그럭.

그 무리한 이동으로 인해 영향 범위 내에 있던 유령 해적들이 속속 모습을 드러냈다.

그 수가 무려 12.

'지금은 아낄 때가 아니지.'

시간을 늘릴 수 있는 임무를 받았다. 그러니 무엇을 망설이겠는가.

유령 해적을 처치하고 획득한 시미터와 샴쉬르 등을 차례로 던졌다.

아무렇게나 던지는 것처럼 보이나 그 모든 동작에는 전력의, 필살의 의지를 잔뜩 싣고 있었다.

콰득, 콰드득.

날아간 5개의 무기 중 3개가 유령 해적의 머리통을 부숴 놓았다.

물론 지면을 뚫고 나와 시야를 확보하지 못해 피하지 못한 것도 있지만, 속도나 힘, 각동 등 모든 면에서 피하기 힘든 공격이었다.

'2개가 불발.'

아깝게 빗나간 것에 연연하지 않는다.

곧장 가장 가까운 곳의 유령 해적을 향해 다가간 그의 보물 검이 미간을 쑤셨다.

퍼석.

타점에 이른 순간 폭발하는 힘.

그 공격은 여지없이 적의 머리통을 부숴 놓았다. 하지만 이것에 만족하지 않는다.

찌르기로 부셔놓은 유령 해적의 옆. 깊고 어두운 두 눈 속에 숨겨진 푸른 안광이 마침내 빛을 발하는 그 순간, 유연하게 한 바퀴 회전한 정훈은 그 힘을 그대로 왼쪽 보물 방패에 실었다.

파각.

머리 뒤쪽으로 파고든 보물 방패가 머리통을 반쯤 부숴 놓았다.

그렇지 않아도 시야를 회복한 지 얼마 되지 않아 사각으로 파고든 그 공격을 피할 수 있는 건 불가능한 일이었다.

–임무, 15초면 충분해를 완수했습니다.

–임무 완료 보상으로 보물찾기 시간이 1분 늘어납니다.

–현재 한정훈 입문자님에게 남은 보물찾기 시간은 6분 47초입니다.

전투가 시작되고서도 고작 10초 만에 유령 해적 다섯을 쓰러뜨렸다.

임무 완수는 물론이거니와 바로 눈앞에 지령의 주사위 하나가 떨어져 있는 것을 확인할 수 있었다.

'럭키!'

어차피 대다수의 임무가 유령 해적을 상대하는 것. 그렇기에 정훈을 그것을 집은 즉시 곧바로 굴려 버렸다.

10마리는 문제없어

난이도 : 상급

임무 : 유령 해적 10마리를 동시에 상대하기

보상 : 보물찾기 시간 +50초

현재 정훈의 손에 의해 쓰러진 건 다섯. 즉 7마리의 유령 해적이 남아 있음을 뜻한다.

바닥을 구르는 유령 해적의 시미터를 낚아챈 후 적당히 먼 거리에 있는 곳을 향해 던졌다.

터텅.

큰 힘을 주지 않았기에 어느 정도 날아가다 힘을 잃고는 지면을 굴렀다.

드드득.

그와 함께 지면에서부터 3마리의 유령 해적이 모습을 드러냈다.

진동을 감지하는 녀석들의 특성을 이용한 것.

'딱이군.'

이로써 10마리의 유령 해적을 동시에 상대하게 된 셈이었다.

줄어드는 시간보다 늘어나는 시간이 많도록 조절해야만 했다.

호흡이 거칠어지고 있으나 움직이는 데 망설임은 없었다.

Chapter 5

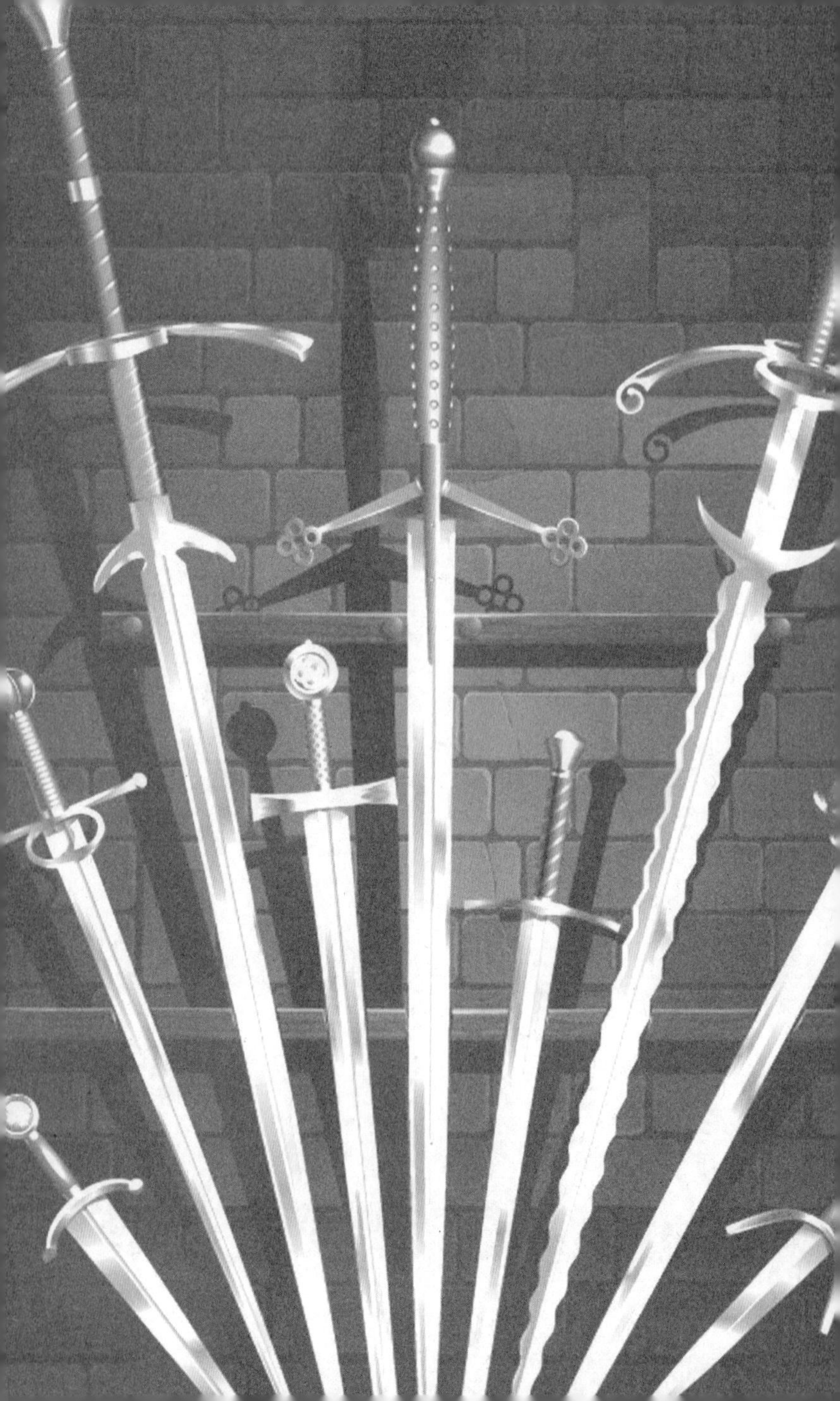

열의 적.

압도할 수 있는 무력이 있어도 힘든 숫자임에 분명하다.

특히 지금 정훈은 유령 해적과 동일한 능력치에 무구의 성능 또한 비슷한 상태였다.

여러모로 불리할 수밖에 없는 상황이었지만, 정훈에게서 망설임은 찾아볼 수 없었다.

망설일 시간에 조금이라도 더 움직인다.

그러한 각오가 뒷받침되었기에 정훈의 동작은 물이 흐르듯 자연스러웠다.

'오른쪽 45도로 내려오는 검을 방패로 막고 찔러 들어오는 검은 몸을 틀어 회피한다.'

정훈은 머릿속에 그려지는 그림에 따라 움직였다.

마치 그것은 예언처럼 이루어졌고, 파고드는 적의 공격을 모두 막아 낼 수 있었다.

균형을 잃은 채 낮은 자세로 쓰러지는 유령 해적의 머리통을 무릎으로 걷어찼다.

콰득.

타점에 힘을 폭발시킬 수 있는 기술을 구현할 수 있기에 그의 온몸은 흉기나 다름없었다.

피잉.

감각이 위험 신호를 보낸다.

이토록 선명한 감각한 시야에 보이지 않는 사각지대의 공격을 알려 주는 것.

머릿속에 그려지는 붉은 선을 향해 검을 휘둘렀다.

카캉.

검을 타고 전해지는 충격.

하지만 그것을 온전히 받는 게 아니라 유연하게 손목을 비틀어 공격을 흘려 냈다.

몸을 회전시키는 힘을 이용한 돌려차기로 다가온 유령 해적의 가슴을 후려쳤다.

쾅.

그 강렬한 충격에 의해 유령 해적의 가슴뼈가 무너지며 몸뚱이가 두 동강이 났다.

눈 깜짝할 사이 셋의 유령 해적을 처리했다.

하지만 안심할 순 없다.

여전히 경고를 보내 오는 감각을 느낀 채 앞으로 한 바퀴를 굴렀다.

스윽.

머리칼을 스치고 지나가는 서늘한 감각.

조금만 늦었어도 잘려 나간 건 머리칼이 아닌 그의 목이었을 것이다.

'반응이 느려.'

육신에 대한 적응은 마쳤다.

그런데도 생각보다 반응이 처지는 건 지치고 있다는 반증일 터.

'최대한 빨리 끝내야만 한다.'

남은 적은 일곱.

이 나약한 몸뚱이가 먼저 지쳐버리기 전에 쓰러뜨려야만 한다.

그리고 그는 그 이상을 실현할 만한 무기를 지니고 있었다.

감정이 없는 이 언데드도 위기감을 느낀 것일까.

쉬쉭.

남은 일곱의 유령 해적이 각기 상단, 중단, 하단으로 나뉘는 합공을 시작했다.

사방의 퇴로가 막힌 그럴싸한 공격에도 정훈은 물러나지

않았다.

눈까지 가늘게 뜨며 집중, 그리고 또 집중한다.

시간이 느리게 흐르거나 하는 등의 변화는 없었다.

다만 그는 어지러이 날아오는 궤적을 모두 읽고 있을 뿐이었다.

마치 수학 문제를 풀 듯 공들여 그 궤적을 머릿속에 그려 넣은 그의 손이 마침내 움직였다.

콰드득.

여러 개로 엉킨 유령 해적의 무기는 정훈이 아닌, 각기 다른 유령 해적을 향하고 있었다.

일전에도 선보인 바 있던 이화접목의 수법. 적의 공격으로 적을 치는 최상급의 공부라 할 수 있었다.

"크윽!"

물론 정훈이라고 멀쩡한 건 아니었다.

급격하게 몸을 움직인 탓에 근육이 비명을 지르고 있었다.

하지만 이를 악물고 참아야만 했다.

적은 언데드다.

머리가 부서지지 않는 이상 여전히 움직이는 존재들이었다.

"흐아압!"

근육의 고통을 이겨 내려는 듯 큰 함성을 내지르며 높게 들어 올린 검을 수직으로 내리그었다.

한데 엉킨 유령 해적 일곱의 몸뚱이를 관통하는 검.

콰드드득.

손에 느껴지는 저항감에 더욱더 힘을 주었다.

–임무, 10마리는 문제없어를 완수했습니다.

–임무 완료 보상으로 보물찾기 시간이 50초 늘어납니다.

–현재 한정훈 입문자님에게 남은 보물찾기 시간은 7분 21초입니다.

알맞게 모여 있던 일곱의 유령 해적이 동시에 소멸하며 임무 완료를 알려 왔다.

본격적으로 보물의 방을 탐방하기 시작했을 때 남은 시간이 10분이었으니 결과적으로 보면 3분 정도만 소모한 셈.

'10분은 확보하고 움직이자.'

광의 상자를 노리기 위한 시간 확보를 말하는 것이었다.

7분도 괜찮은 시간이지만, 만약의 경우를 배제할 수 없기에 확실한 상황을 만들고 싶었다.

게다가 당장은 광의 상자를 열 만한 여유도 없다. 우선은 앞에 보이는 금의 상자부터다.

'하지만 그 전에…….'

눈앞으로 보이는 유령선에 탑승하기 전, 그 자리에 털썩 주저앉았다.

지금껏 아무리 힘들어도 쉰 적이 없었지만, 이번만큼은 정비를 하지 않을 수 없었다.

가장 편한 자세로 그 자리에 드러누운 그는 명상에 잠기듯 자신의 몸 상태를 관조하기 시작했다.

근육과 신경 하나하나를 자신의 지배하에 놓은 후 빠르게 회복한다.

그것은 일종의 휴식이자 회복 속도를 가속화하는 본인만의 방법이었다.

무리한 움직임으로 놀란 근육들이 서서히 안정을 되찾아 갔고, 얼마 지나지 않아 자리를 털고 일어날 수 있었다.

'쯧. 30초나 써 버렸군.'

잠시 눈을 감았다 뜬 것 같았는데 어느새 30초가 지나 있었다.

이것으로 남은 시간은 6분 49초.

그것도 방금 1초가 지났으니 6분 48초의 시간만이 남게 되었다.

하지만 그 시간이 아깝게 여겨지진 않는다. 중요한 일전을 앞두고 있었기 때문이다.

지금까지의 유령 해적과는 다른 강력한 적이 눈앞의 유령선 안에 존재하고 있다.

그렇기에 휴식은 선택이 아닌 필수일 수밖에 없었다.

"후우."

한차례의 심호흡을 통해 호흡을 안정시킨 후 걸음을 옮긴다.

유령선까지는 그래도 꽤 거리가 있었지만, 새로이 나타나는 적은 없었다.

삐걱.

선체로 오를 수 있는 사다리에 몸을 실었다.

워낙 오래되고 낡은 탓에 요란한 소리가 나긴 했으나 다 오르기 전까지 부서지는 일은 없었다.

마침내 선체에 탑승한 그는 긴장한 채로 주변을 돌아보기 시작했다.

휑한 그 넓은 공간에 눈에 띄는 건 오직 하나, 황금빛 광채로 번쩍이고 있는 금의 상자였다.

마치 나 여기에 있노라고 광고하고 있는 것처럼 홀로 광채를 번뜩이고 있다.

바보가 아닌 이상에야 그것이 함정이라는 것을 알 수 있을 것이다.

그리고 실제로 함정이기도 했다.

'어디 있냐.'

정훈은 고도의 집중력을 발휘한 채 주변을 살피고 있었다.

분명 눈에 보이는 건 없다.

하지만 그는 알고 있었다. 이곳 갑판 어딘가에 은신해 있는 적이 있음을 말이다.

피잉, 피잉.

감각이 맹렬한 경고 신호를 보내 왔다.

망설이는 일은 없었다. 신호를 감지한 그 순간 신호에서 가장 먼 쪽, 오른쪽으로 몸을 날렸다.

스팟.

"큭!"

옆구리에 느껴지는 화끈한 고통에 절로 신음이 터져 나왔다.

얕지 않다.

꽤 깊숙하게 베이는 자상이었다.

날카롭게 베인 상처로부터 다량의 피가 새어 나왔다.

하지만 그것에 신경을 쓸 여력이 없었다.

'사라졌어.'

분명 그는 무언가에 공격을 당해 자상을 입었다.

그런데 다시금 그곳을 돌아보니 보이는 것이라곤 아무것도 없었다.

'망할 도적 새끼 같으니!'

조금 전 정훈을 공격한 건 중간 보스 중 하나인 유령 갑판장, 렌놀이었다.

고유의 이름을 지니고 있다는 건 그냥 일반적인 유령 해적으로 묶인 녀석들과는 비교할 수 없는 강력한 능력을 지니고 있음을 뜻하는 것.

특히 렌놀의 능력은 은신이었다.

생전에도 뛰어난 도적이었던 그의 은신은 현재 정훈이 지닌 능력으로는 감지하는 게 불가능한 일이었다.
믿을 수 있는 건 예지의 능력을 갖춘 감각.
만약 이마저도 없었다면 조금 전의 일격으로 하나의 목숨을 잃었을 것이다.
피잉.
오른쪽으로 고개를 돌린 사이, 왼쪽에서 위험 신호가 전해졌다.
슥.
몸을 날려 피했다. 아니, 그건 그의 생각일 뿐이었다.
오른쪽 팔뚝이 뭉텅 잘려 나가며 선홍빛의 근육이 그대로 드러났다.
피어오르는 고통. 하지만 그것보다 정훈을 경악하게 한 사실이 있었다.
'타이밍을 빼앗고 있다.'
렌놀은 단지 숨어 있다가 나타나는 게 아니었다.
정훈의 움직임을 관찰하고 그에 맞는, 오직 사각지대만을 노린 채 공격을 해 오고 있었다.
그것도 교묘하게 타이밍을 뺏는, 위협적인 수단이었다.
예상 밖이다.
예지의 감각이라면 충분히 공격을 피할 수 있을 줄 알았는데 그것은 착오였다.
'이대로 가다간 맥없이 당하고 만다.'

반격할 수 있는 수단이 필요하다.

긴 고민은 필요 없었다.

전투가 일어나기 전부터 그 방도를 생각해 둔 덕이었다.

너구리는 자신이 도망갈 구멍은 9개는 마련해 둔다. 정훈 또한 만약의 경우를 대비한 방안을 여러 개 마련해 두는 습관이 있었다.

더는 렌놀을 찾기 위해 주변을 살피지 않는다.

탐색을 마친 정훈은 모든 것을 포기한 것처럼 눈을 감았다.

그 수상한 행동 덕분일까.

한동안 렌놀이 나타나는 일은 없었다.

하지만 그것도 잠시였다.

상대가 삶을 포기했다고 여긴 렌놀이 정훈의 등 뒤에서 모습을 드러낸 것이다.

서걱.

손에 든 단도를 양쪽으로 교차시키며 목을 베었다.

"캬!"

언데드가 되어서도 살인에 목마른 이 살인마는 그 손맛에 흥분한 듯 탄성을 터뜨렸다.

마침내 모습을 드러낸 존재.

그는 일반적인 유령 해적과 달리 생전의 육신을 지니고 있는 언데드, 구울이었다.

다만 보통의 인간과 달리 육신이 조금 부패한 정도. 그 부패한 부분만 아니라면 인간이라고 해도 믿을 정도로 멀쩡한, 가죽 갑옷과 단도를 든 도둑의 행색을 갖추고 있었다.

"웬 녀석이 소란을 일으키나 했더니 이거 싱겁기 그지……."

손맛에 취한 그가 막 말을 이어 가려 할 때쯤이었다.

"잡았다, 요놈!"

분명 목이 떨어져 죽음에 이르렀어야 할 정훈이, 아니, 그의 보물 검이 맹렬한 속도로 쇄도하고 있었다.

"어억!"

놀란 그가 재빨리 단도를 엑스자 형태로 교차시켜 막으려 했다.

"페이크다, 이 새끼야!"

허초였다.

특히나 정훈이 펼치는 허초는 살의가 듬뿍 담긴, 의지를 인지할 수 있는 적이라면 속을 수밖에 없는 것이었다.

지금까지 만난 유령 해적은 이지를 상실한 언데드였기에 펼칠 수 없었으나 자의를 가진 렌놀에게는 정확히 먹혀들었다.

너무도 확연히 드러난 빈틈을 향한 찌르기. 보물 검은 정확히 렌놀의 왼쪽 가슴, 심장을 꿰뚫었다.

푸욱.

"커헉!"

구울은 생전의 능력을 지니는 대신 인간과 같은 약점을 지니고 있다.

심장이 꿰뚫리는 그 공격은 구울인 녀석에겐 치명적인 일격일 수밖에 없었다.

"어, 어떻게……."

놀라 눈을 부릅뜬 렌놀은 죽음이 닥쳐 오는 그 순간까지 의문을 느꼈으나, 끝내 그 의문을 풀 수는 없었다.

털썩.

일격에 심장이 꿰뚫린 렌놀이 소멸했다.

"목숨 하나를 날려 버렸군."

쓰러진 렌놀을 바라보던 정훈이 혀를 찼다.

비록 적을 쓰러뜨리긴 했으나 10개의 목숨 중 하나를 잃어버렸기에 마냥 좋아할 순 없었다.

아직까지는 10개 목숨이 온전히 붙어 있어야만 했는데, 계획에 차질이 생긴 것이다.

'일단은 가 보는 데까지 가 보는 수밖에.'

이미 벌어진 일, 돌이킬 수는 없다.

복잡한 머릿속 상념을 털었다.

지금 당장은 딱히 해결 방안이 떠오르지 않았다.

계획을 세우는 건 금의 상자를 열고 난 후다.

빠르게 걸어가 금의 상자 앞에 섰다.

기대하는 마음이 없다면 거짓말일 것이다.

눈앞의 보물 상자 안에 있는 내용물은 정훈으로서도 알 수 없다.

금의 상자부터는 정해진 보상이 아닌, 무작위의 물건이 들어 있기 때문이다.

제발 생각한 것 이상의 보물이기를, 하나의 목숨을 잃어 틀어져 버린 계획을 원상태로 되돌릴 수 있는 물건이기를 간절히 바라며 금의 상자를 열었다.

딸칵.

열린 상자에서 뿜어져 나온 녹색 빛이 정훈을 감쌌다.

—금의 상자에 봉인되어 있던 기운을 흡수했습니다.

—순발력이 한 단계 성장한 것을 느낄 수 있습니다. 이 효과는 1시간 동안 지속됩니다.

귓가에 파고드는 알람과 함께 정훈의 입가에 그려지는 건 짙은 미소였다.

그도 그럴 게 예상한 것 중에서도 최고의 보상을 얻었기 때문이다.

금의 상자에서 얻을 수 있는 보상을 추려 보면 태초급 무구, 고대급의 세트 무구, 고대급의 물약 및 소비 용품, 보물의 섬에서도 권능을 발휘할 수 있는 무구, 마지막으로 제한된 시간 동안 능력치를 상승시켜 주는 버프가 있다.

지금의 반응을 보면 알 수 있지만, 그중에서 가장 원하던 게 버프였다.

애초에 태초급 무구가 나올 확률은 너무 저조해 기대도 하지 않았거니와 당장 사용할 수 없는 무구나 소비 용품 따위를 바랄 턱이 없었다.

기대한 건 보물의 섬에서 사용 가능한 무구와 버프였는데, 다행하게도 버프를 얻을 수 있었다.

그것도 가장 원하는 능력인 순발력을 말이다.

'이 정도로 운이 따라 준다면 더할 나위 없지.'

항상 기대를 빗나가는 일이 많았는데 오늘은 어째선지 시작이 좋다.

이렇게만 생각한 보상이 나와 준다면 예상한 계획을 넘어 '그것' 또한 실행할 수 있으리라.

'벌써부터 김칫국을 마시고 있다니…….'

뜻대로 이루어진 일에 기분이 너무 업 된 상태다.

고개를 도리질 치며 행복한 상상을 잠시 집어넣었다.

언제까지 여유부리고 있을 시간이 없었기 때문이다.

보물찾기의 제한 시간에 버프의 제한 시간까지 겹쳐 버렸다. 서둘러야 하는 이유가 한두 가지가 아니었던 것.

꽤 높이가 있었지만, 갑판에서 훌쩍 뛰어내려 지면에 착지했다.

쿵!

발끝이 조금 찌릿했으나 말 그대로 조금에 불과했다.

'몸이 가벼워.'

조금 전 얻은 순발력 버프로 인해 몸이 가벼워진 것이었다.

이 정도 수준이라면 유령 해적을 상대하는 게 한결 수월해질 것이다.

타타탁.

그 수준을 가늠한 정훈은 힘차게 지면을 박차며 달리기 시작했다.

물론 그가 이동하는 자리마다 일어서는 유령 해적들이 몸을 일으킨다.

처음에는 손에 꼽을 수 있었던 유령 해적은 점차 불어나 어느새 15마리가 되었다.

그 숫자를 확인한 정훈은 그제야 자리에 멈춰 섰다.

콰득.

렌놀에게서 빼앗은 단도가 2개가 정확히 유령 해적 둘의 머리통에 박혀들었다.

한 단계 발전한 순발력으로 인한 정확도는 이전과는 비교할 수 없는 수준이었다.

"하압!"

공격은 단도로 그치지 않았다.

유령 해적을 처치해 얻은 각종 무기가 그의 손을 떠나 맹렬한 속도로 짓쳐들었다.

콰드득.

손을 떠난 각기 다른 방향으로 뻗어 나간 일곱 개 무기는 여섯의 유령 해적의 머리통을 부숴 놓았다.

본격적으로 전투가 시작되기도 전 절반에 해당하는 적을 없애 버린 것.

게다가 아직 그의 공격이 끝난 것도 아니었다.

빠른 속도로 튕겨져 나간 그의 검이 유령 해적을 꿰뚫는다.

그 모든 동작이 이루어지는 데 소요된 시간은 고작해야 3초.

그제야 시야를 회복한 유령 해적이 포위망을 좁혀 오기 시작했다.

버프가 없었던 조금 전에도 홀로 열의 적을 상대했던 그다.

고작해야 여섯에 불과한 적의 포위망에 아랑곳할 턱이 없었다.

"합!"

힘찬 기합성을 터뜨린 정훈의 육신이 어지러이 움직인다.

그의 손에서 그려지는 궤적은 어김없이 유령 해적의 머리통을 관통했고, 1 대 15의 전투가 끝나는 데는 30초라는 시간이 채 필요하지 않았다.

카캉!

검과 검이 부딪히며 요란한 불똥을 일으킨다.

"죽어!"

"크헉!"

악에 받친 고함과 고통에 찬 신음이 뒤섞인 장내는 그야말로 아수라장을 방불케 했다.

한때는 신살이라는 이름 아래 모여 하나의 목표를 추구했던 이들이지만 지금 그들은 구 세력과 신규 세력으로 나뉘어 서로를 향해 칼을 들이밀고 있었다.

처음에는 이렇게 죽고 죽이는 전면전을 벌일 생각을 그 누구도 하지 않았다.

그저 위협을 주면서 유리한 상황을 만들고자 했을 뿐이다.

그런데 왜, 어쩌다가 이 지경이 되어 버렸을까.

결정적인 계기가 된 건 준형의 부상이었다.

우연에 우연이 겹쳐 만들어진 그 일은 두 세력의 갈등을 돌이킬 수 없는 지경으로 만들어 놓았다.

비록 의도가 없었다 해도 죽음에 이를 정도로 심각한 피해를 입은 준형의 상태에 구세력은 분노했고, 돌이킬 수 없는 강을 건넜다고 판단한 신세력은 잡아먹히기지 전에 잡아먹으려고 달려들었다.

그들에게 주어진 시간은 고작해야 15분.

하지만 10분 남짓한 시간 동안 수만 명의 사상자가 발생했고, 점차 그 승부의 결착이 보이고 있었다.

"허억, 허억!"

목구멍까지 차오른 숨을 몰아쉰 아슬란이 주변을 돌아봤다.

시산혈해.

시체는 산처럼 쌓여 있고, 주변은 온통 피의 웅덩이로 가득했다.

'내가, 내가 무슨 짓을 저지른 거지?'

뒤늦게야 자책감이 몰려왔다. 아니, 솔직히 말해 본인의 행동을 이해할 수 없었다.

아무리 평소에 불만이 많았어도 함께 어려운 시련을 극복해 온 동료들이었다.

이렇게까지 할 일이 아니었다.

마치 뭔가에 쓰인 기분이었다.

이게 말이나 되는가.

고작해야 욕심과 질투라는 감정으로 인해 어마어마한 사상자가 발생한 것이다.

15만 명에 달하는 이들 중 두 발을 딛고 서 있는 건 채 5천 명도 되지 않았다.

더 불행한 사실은 그들 모두가 구세력에 속한 이들뿐이라는 점이었다.

그것은 아슬란이 미처 예상하지 못한 결과였다.

신규 세력의 인원수가 구 세력을 압도했다.

못해도 2만 정도의 인원수 차이가 있었고, 능력치가 초기화 된 이상 인원수가 많은 쪽이 당연히 이기리라 판단했건만 결과는 반대였다.

그가 미처 생각하지 못한 부분은 오랜 시간을 함께해 온 그들의 단결력이었다.

인원수에선 앞섰지만, 손발을 맞춘 지 얼마 되지 않아 연계가 부족할 수밖에 없었다.

이 결정적인 차이는 인원수의 부족에도 불구하고 구세력에 승리를 안겨다 주었다.

"네놈, 네놈의 헛된 욕망 때문에 이 많은 이들이 죽었다."

온몸에 피를 뒤집어쓴 행동대장 제만은 악귀처럼 얼굴을 일그러뜨린 채 아슬란을 향해 다가가는 중이었다.

"나, 나도 이렇게까지 할 생각은 없었어. 뭔가 잘못됐어. 이건 내 의지가 아니야!"

뒷걸음질 치는 아슬란의 얼굴이 두려움으로 일그러졌다.

사실 그의 말은 틀리지 않았다.

이곳 보물의 섬은 인간의 추악한 욕망을 극대화시키는 곳.

또 다른 시험의 무대였던 것이다.

"아니. 모두 네가 자초한 일이다!"

무슨 말이 필요할까.

제만의 손에서 그려진 일직선의 궤적이 아슬란의 머리에 꽂혔다.

콰직.

지쳐 쓰러지기 일보 직전이었던 아슬란은 그 일격을 막아

내지 못한 채 허무한 죽음을 맞이해야만 했다.

"이 일을 어찌하면 좋단 말인가."

제만과 함께 생존에 성공한 대영이 허망한 음성으로 읊조렸다.

주변에 보이는 것은 모두 아군의 시체뿐.

도대체 이는 무엇을 위한 전쟁이었을까.

지금까지와 달리 살아남았다는 기쁨은커녕 자괴감만이 그들을 괴롭혔다.

"고작 이깟 게 뭐라고……."

손에 든 은의 상자를 바라본다.

준형으로 인해 전쟁이 폭발하긴 했으나 전쟁의 시발점은 바로 이 보물 상자였다.

아직 안의 내용물도 확인하지 못한, 그야말로 상자에 불과한 것 때문에 벌어진 참혹한 전쟁, 그 내용물을 확인하고자 하는 건 당연한 일일 것이다.

딸칵.

마침내 상자를 봉하고 있던 뚜껑이 열렸다.

"이, 이게?"

"이것이 보물?"

"이익! 고작 이것 때문에……."

내용물을 확인한 모두가 경악을 금치 못했다.

상자 안에 들어 있는 건 보랏빛으로 탐스럽게 익은 과일이었다.

사과와 비슷한 생김새의 그것이 14만5천 명의 죽음을 일으킨 보물인 것이다.

당혹한 마음을 감추지 못한 채 그것을 손에 쥐었다. 그러자 과일에 대한 정보가 머릿속으로 각인되었다.

부활의 열매

등급 : 태고
효과 : 죽은 자를 부활시킨다(보물의 섬에서 죽은 자에 한해서만 능력이 발휘된다).
설명 : 보물의 섬에서만 자란다는 특산품. 이 열매를 먹은 자는 설사 죽음에 이르렀다 해도 다시금 부활할 수 있다. 하지만 주의하라. 부활의 열매는 보물의 섬을 나가는 즉시 시들어 그 효과가 다할 테니 말이다.

"이건!"

아이템의 효과에 놀라는 것도 잠시였다.

그 정보를 확인한 순간 그의 뇌리 속에는 오직 한 사람, 준형의 얼굴만이 스치고 지나갔다.

그리 멀지않은 곳. 그곳에 다량의 피를 흘린 채 쓰러져 있는 준형이 있었다.

어떠한 회복의 권능을 사용할 수 없었던 탓에 이미 싸늘한 시체가 된 뒤였지만.

'살릴 수 있다.'

그 효과가 거짓이 아니라면 분명 준형은 살아날 수 있을 것이다.

꼼짝없이 여기가 끝이라고 여겼던 그를 되살릴 수 있다.

죽은 사람에게 어떻게 열매를 먹일까.

하지만 그런 의문은 잠시간에 불과했다.

입술에 닿은 순간 마치 진공청소기에 빨려들어 가듯 준형의 입속으로 사라졌다.

"허으!"

그 순간 기적이 일어났다.

분명 폐를 관통당해 죽음에 이르렀던 준형이 바람 빠지는 소리를 내며 몸을 일으킨 것이다.

꽤 넓은 범위에 찔린 옆구리의 상처도 어느새 아물어 그 흔적을 찾아볼 수 없었다.

"부, 부사령관님!"

"부사령관님이 살아났다!"

대영을 제외하면 모두가 부활의 열매에 관한 정보를 알지 못했다.

당연히 준형의 부활에 기겁할 수밖에 없었으리라.

하지만 그 당혹감의 뒤에는 기쁨이란 감정이 뒤섞여 있었다.

유일하게 의지할 수 있는 정신적 지주이자 수장이 다시금 살아 돌아온 것이다.

"이렇게 다시 보게 되는군요."

흡사 심연을 바라보는 것처럼 그 끝을 알 수 없는 검은 눈동자가 생존자들을 차례로 응시했다.

그것은 지금껏 보인 바 없었던 현안賢眼이었다.

죽음에서 부활한 준형은 갑자기 일어난 기적에도 태연한 모습을 보여 주고 있었다.

"으음……."

하지만 그런 그도 주변으로 펼쳐진 시산혈해를 확인하곤 침음성을 삼킬 수밖에 없었다.

그토록 살리기 위해 애썼던 이들, 끝까지 함께하자고 맹세했던 그들이 허망하게 죽음에 이르고 만 것이다.

'고작 한 명의 목숨을 살릴 수 있는 열매 때문에…….'

고작해야 한 명의 목숨을, 그것도 보물의 섬에 한해 죽은 이를 살릴 수 있는 부활의 열매로 인해 14만 명이 죽음에 이르렀다.

이것이 개죽음이 아니면 뭐라고 하겠는가.

'그렇기에 서둘러야 한다.'

헛된 죽음에 대한 허망함도, 동지에 대한 추억과 슬픔도 모두 털어 버렸다.

지금은 그들의 죽음을 애석해할 시간이 없었다.

"부사령관님 이……."

"할 말이 많겠지만, 그건 잠시 접어 두도록 하죠. 지금은 서둘러야 할 때입니다."

마치 전후사정을 모두 알고 있는 것처럼 말을 끊은 그가 서둘러 걸음을 재촉한다.

영문을 알 수 없는 생존자들.

하지만 그들은 이내 홀린 것처럼 준형의 뒤를 따라 움직였다.

앞서 걸어가는 준형에게서 풍겨져 나오는 알 수 없는 기운, 그것이 반드시 따라오라고 손짓을 하고 있었기 때문이다.

—금의 상자에 봉인되어 있던 기운을 흡수했습니다.

—근력이 한 단계 성장한 것을 느낄 수 있습니다. 이 효과는 1시간 동안 지속됩니다.

"좋았어!"

마지막 여섯 번째 금의 상자를 열게 된 정훈은 들려오는 알람에 크게 소리를 질렀다.

웬만해선 감정을 잘 드러내지 않는 그가 이토록 격한 감정을 드러낼 정도면 그 기쁨이 얼마나 큰지 알 수 있다.

제대로 운이 터진 날일까.

지금 정훈은 8개의 상자에서 여덟 번 모두 버프를 받는 데 성공했다.

그것도 가장 필요한 능력치인 순발력을 5단계, 그리고 근력을 3단계로 끌어올릴 수 있었다.

물론 금의 상자를 지키는 중간 보스를 처리하기 위해 4개의 목숨을 헌납해야 했지만, 예상한 5개보다 하나 적은 수치였다.

'이렇게 운이 좋았던 적이 없었는데.'

그의 인생은 불행으로 점철되어 있었다. 그래서 지금의 행운이 더 불안했다.

혹 보다 큰 불행을 안겨 주기 전에 주는 위로의 선물이 아닐까.

'사람이 부정적으로 살면 이렇게 되는군.'

피식 웃는다.

아무것도 정해진 건 없는데 미리 불행을 예상하고 낙담한다.

이 얼마나 어리석은 일이란 말인가.

차라리 그럴 시간에 한 발이라도 더 움직여야 하는 것 아니겠는가.

먼저 시간 체크. 보물찾기의 제한 시간은 15분이나 남아 있었다.

얼마나 빠르게, 그리고 많은 유령 해적을 상대했는지 알 수 있는 부분이었다.

그 일이 가능했던 건 본신의 실력이 뛰어난 것도 있지만,

가장 도 있지만, 가장 큰 역할을 한 건 금의 상자를 통해 상승한 능력치 덕분이었다.

버프가 아닌 다른 보상에 대한 미련은 없었다.

태고급의 무구 세트라고 해 봐야 지금의 정훈에겐 그다지 필요도 없는 것인 데다가 다른 소비 용품이야 얼마든지 제작이 가능하기 때문이다.

필요한 건 태초급의 무구와 버프뿐이라는 건데, 애초에 금의 상자에서 태초급 무구를 얻을 확률은 0.001퍼센트에도 미치지 못한다.

한마디로 확률만 있을 뿐 얻을 순 없다는 것.

결국, 가장 이상적인 보상을 얻은 셈이었다.

'하지만 아직 기뻐하기엔 이르지.'

기분이 좋은 건 사실이나 축배의 잔을 들기엔 이르다. 그가 이곳에 온 사실상의 목적, 광의 상자가 남아 있었기 때문이다.

'목숨이 6개면 충분하겠지.'

광의 상자로 향하는 여정은 그 길목조차 험난하기 그지없다.

6개의 목숨이 있는 정훈도 불안감을 느낄 정도로 말이다.

하지만 엄습하는 불안감을 애써 떨친 채로 빠르게 걸음을 옮겼다.

그의 걸음이 향한 곳은 배가 정박해 있지 않은 나루터, 집게 어둠이 깔려 수심조차 확인할 수 없는 바다였다.

좌아악.

밀려오는 파도를 맞으며 앞으로 나아간다.

'여기!'

머릿속의 정보를 떠올리던 그는 목까지 차오른 피바다 속으로 잠수했다.

분명 빨갛게 물든 피의 바다였지만, 눈을 뜨자 마치 물속에 있는 것처럼 시야를 확보하는 게 가능했다.

머릿속의 정보를 따라 하염없이 손과 발을 놀려 수영을 해 나갔다.

하지만 그가 물고기가 아닌 인간인 이상 물 속에서 숨을 쉬는 건 불가능했다.

특히 지금은 마법의 소라고둥과 같은 아이템의 힘을 빌릴 수 없는 상황이 아닌가.

'크흡.'

숨을 쉴 수 없는 고통 속에서도 절대 위로 올라갈 생각을 하질 않았다.

그렇게 고통스러운 시간이 찾아왔다.

그리고…….

—입문자는 목숨을 잃었습니다.

—하지만 보물의 무구가 지닌 힘이 당신의 죽음을 가로막았습니다.

—앞으로 다섯 번의 위기를 더 넘길 수 있습니다.

귓가에 들리는 그 알람은 여섯 개의 목숨 중 하나를 잃었다는 것을 알려 주었다.

당연한 일이다.

일반적인 바다라면 모를까 이미르의 저주받은 피로 이루어진 바다에선 30초만 잠수 상태를 유지해도 목숨을 잃기 때문이다.

그나마 능력치가 상승한 정훈은 40초가량을 버티긴 했지만, 목숨을 잃는다는 사실엔 변함이 없었다.

하지만 사라진 목숨에 연연하지 않는다.

어차피 이 시간을 위해 아껴둔 목숨이 아닌가.

애석해할 시간에 한 번이라도 더 팔과 발을 놀려 전진할 뿐이었다.

정훈은 그렇게 4분 동안 묵묵히 수영을 해 나갔다.

—입문자는 목숨을 잃었습니다.

—하지만 보물의 무구가 지닌 힘이 당신의 죽음을 가로막았습니다.

—앞으로 한 번의 위기를 더 넘길 수 있습니다.

단 하나의 목숨만이 남는 상황까지 몰리게 되었다.

'제길. 이건 예상 밖인데.'

분명 오르비스의 정보엔 4개의 목숨이면 충분히 목표로 한 곳에 도달할 수 있을 것이라 했다.

하지만 5개의 목숨이 소모되는 동안에도 원하는 곳에 도착하지 못했다.

지금까지야 여분의 목숨이 있었기에 여유로울 수 있었지만, 이제는 아니다.

지금 이 하나의 목숨을 잃게 된다면 그토록 원하던 목표를 달성하는 게 물거품이 될 수도 있다.

입 밖으로 튀어나오려는 욕설을 간신히 삼켰다.

허튼 데 시간을 낭비해선 안 된다.

눈을 부릅뜬 채로 주변을 살폈다.

불안한 심정을 대변한 눈동자가 이리저리 흔들리고 있을 무렵…….

'찾았다!'

흐릿하게 들어오는 실루엣이 있었다.

아무것도 없는 피바다 속에 실루엣이라면 목표한 곳밖에 없지 않은가.

곧장 손을 휘저으며 그곳을 향해 접근했다.

다행히 숨의 여유는 있었고, 얼마 지나지 않아 그는 실루엣의 정체를 확인할 수 있었다.

그것은 물 항아리를 들고 있는 여신상. 해저 신전의 입구를 지키는 동상의 실루엣이었다.

입구를 확인한 그는 곧장 그곳으로 헤엄쳤다.

"푸하!"

놀랍게도 신전 안은 공기로 충만한, 피가 단 하나도 침범하지 않은 공간이었다.

목구멍까지 차오른 숨을 거칠게 몰아 쉰 정훈은 뒤늦게야 주변을 확인할 수 있었다.

"오오!"

무심함의 대명사로 알려진 정훈의 감탄을 자아내는 광경이었다.

온갖 휘황찬란한 빛을 뽐내는 보석과 무구, 그리고 소비용품들이 주변을 가득 장식하고 있었다.

척 보기에도 범상치 않은 것뿐이었다.

그럴 수밖에 없는 게 이곳이 바로 보물의 섬에 놓인 최종 목적지인 아틀란티스기 때문이다.

감히 상상도할 수 없는 굉장한 보물과 함께 심해로 사라진 전설의 도시.

정훈이 그토록 발을 들이고자 했던 목적지였다.

정훈의 눈이 주변을 살피기 시작했다.

그 많은 무구 중에서 그의 눈에 띈 것은 검은 털로 꾸며진 관冠이었다.

'역시 있구나.'

검은색 털로 장식된 관, 그것은 바로 오우관烏羽冠이라 불리는 것이었다.

일찍이 정훈이 손에 넣은 용광검과 함께 천랑왕 세트 중의 하나였다.

그것을 손에 넣는 순간 총 3개로 이루어진 천랑왕 세트 중 2개를 획득하게 되는 것이었다.

무려 태초급의 세트 무구. 하지만 정훈은 오우관을 애타게 바라보면서도 선불리 움직이지 않았다.

저벅.

마침내 움직인 그의 발걸음은 오우관이 아닌 전혀 반대의 방향을 향해 가고 있었다.

—심해에 잠든 이곳을 찾은 그대의 노력에 진심으로 박수를 보내는 바이다.

그의 시선이 향한 곳에는 커다란 오리할콘 판에 적인 안내문이 있었다.

어원을 알 수 없는 고대의 문자였으나 한 번 보는 것만으로 그 내용을 이해하는 게 가능했다.

—이곳은 세계의 모든 보물이 모여 있는 곳. 허나 방문자는 기억할지어다. 그대에게 허락된 보물은 단 하나. 만약 이를 어기게 된다면 무서운 벌이 행해지리라. 욕심은 화를 부른다는 것을 명심하라.

안내문에도 나와 있지만, 불행하게도 이 많은 보물을 모두 차지할 수 없다.

아틀란티스를 방문한 이가 가져갈 수 있는 건 단 하나.

만약 이를 어겨 더 많은 보물에 손을 댔다간…….

'이곳과 함께 무너져 생을 마감하는 거지.'

그 즉시 무너져 내린 아틀란티스와 함께 피바다에 수장되고 만다.

순간이동과 같은 권능을 사용할 수 없는 지금, 그 상황은 죽음을 의미하는 것이었다.

그렇다면 답은 명쾌할 수밖에 없다.

가장 필요한, 가장 원하는 오우관을 가지고 나가면 되는 것 아닌가.

'어떻게 여기까지 왔는데, 그럴 순 없지.'

정훈이란 사내는 욕심이 많다.

그렇기에 이 많은 보물 중 하나를 선택해야만 하는 상황을 피하고자 했다.

물론 그 방법을 오르비스의 지식이 제시해 주었다.

안내문을 뒤로한 정훈이 양측에 놓여 있는 보물의 길을 따라 나아갔다.

복잡한 미로처럼 여기저기 얽혀 있는 길을 제집 안방처럼 단숨에 돌파한 그의 앞에는 찬란한 빛을 뿌리는 상자 3개가 놓여 있었다.

아틀란티스가 최종 종착지라면 이 상자야말로 그가 노리는 최종 보상이었다.

정해져 있는 다른 보물들과는 달리 무작위의 보물을 얻을 수 있는 상자.

그 선택은 의외일 수밖에 없었다.

태초급의 세트 무구인 오우관을 앞에 두고 어떤 보상이 나올지 알 수 없는 광의 상자를 열겠다는 건 상식으로는 이해할 수 없기 때문이다.

모두가 단언할 수 있는 비상식적인 선택. 정훈에겐 망설임은 없었다.

딸칵.

중앙에 놓인 상자를 열자 형용할 수 없는 강렬한 빛이 장내를 휘감았다.

잠시간 유지되던 빛이 사라지자 정훈의 눈앞에는 기존의 3개가 아닌 4개 광의 상자가 놓여 있었다.

나오라는 보물은 나오지 않고 어째서…….

'성공이로군.'

4개로 불어난 광의 상자. 그것이 뜻하는 건 정훈의 시도가 성공했음을 뜻하는 것이었다.

사실 처음 3개로 나뉘어 있었던 광의 상자에는 제각기 정해진 보상이 들어 있었다.

왼쪽은 태초급의 소비 용품, 그리고 오른쪽은 태초급의 무구였다.

그렇다면 중앙의 보상은 무엇일까.

그건 바로 더 높은 등급, 쉽게 말해 +1 광의 상자라 할 수 있을 것이다.

단계가 올라가면 당연히 그곳에서 나오는 보물의 질이나 개수도 많아진다.

단, 강화된 광의 상자를 획득했을 시 기존의 상자들은 소멸하고, 이를 대신해 새로운 상자가 나타난다.

그것도 이전보다 1개 더 추가된 채로 말이다.

3개 중 1개를 찾는 건 어렵지 않은 일이다.

하지만 그게 4개라면, 아니 10개로 불어난다면 찾을 가능성은 희박해질 수밖에 없다.

'내겐 해당사항이 없는 이야기지만.'

오르비스의 지식이라는 강력한 무기를 손에 쥐고 있는 정훈에게는 가당치도 않은 일.

이미 그는 어느 상자 어떤 보상이 있는지 다 파악하고 있었다.

생각할 것도 없다는 듯이 계속해서 상자를 열었다.

그것이 한 번, 두 번, 세 번…… 아홉 번. 이제는 12개의 상자가 그를 반기고 있었다.

개수가 많아진다 한들 헷갈릴 이유가 없다. 머릿속의 정보에 따라 아홉 번째 상자를 열었다.

화악.

예의 그 강렬한 빛이 장내를 잠식하고, 잠시 후 그의 앞에 나타난 건 처음과 같은 3개의 상자였다.

'여기서 부터가 문제인데.'

줄곧 여유롭기만 하던 그의 얼굴에 고심의 흔적이 짙게 깔렸다.

열 번째, 이게 마지막 단계다. 이 단계를 넘어가면 그토록 원하던 최종 보상을 획득할 수 있는 것이다.

하지만 그게 쉽지는 않다.

마지막 보물 상자의 위치는 오르비스가 들여다본 위대한 계획의 어디에서도 찾아볼 수 없기 때문이다.

'하나는 죽음, 하나는 꽝, 그리고 마지막 하나가 진정한 보상.'

위치는 모르지만, 그 보상이 무엇인지는 알고 있다.

죽음의 상자, 무의 상자, 그리고 애초에 목표로 했던 보상이 든 상자.

아무리 정훈이라도 망설일 수밖에 없었다.

단 한 번의 선택으로 지금까지의 모든 노력이 허탕으로 돌아갈 수도 있기 때문이다.

그냥 아홉 번째 상자에서 무구를 선택할 수도 있지 않았을까.

'그럴 바엔 그냥 오우관을 가졌겠지.'

실패했을 때의 리스크가 큰 만큼 성공했을 때의 보상 또한 어마어마하다.

어쩌면 이것이 예정대로 흘러가고 있는 운명을 뒤바꿀 수 있는 기회일지도 모른다.

마침내 결단을 내린 정훈이 중앙의 상자에 손을 가져갔다.

Chapter 6

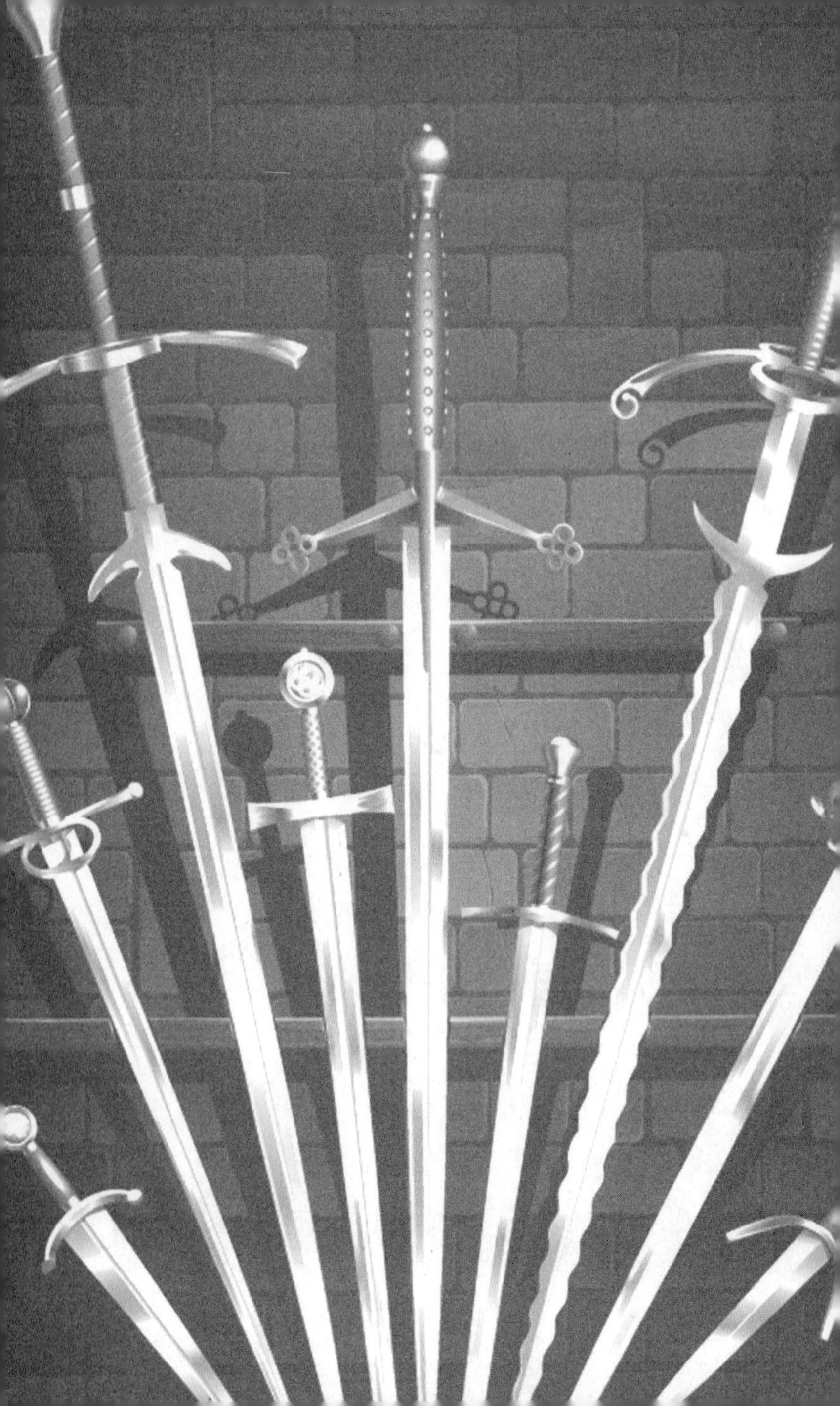

순간 세상이 검게 변했다.

무슨 일이지 하는 의문이 머릿속에 파고든 그 순간이었다.

-입문자는 목숨을 잃었습니다.

-하지만 보물의 무구가 지닌 힘이 당신의 죽음을 가로막았습니다.

-입문자를 구해 줄 모든 힘이 소진되었습니다.

그것은 인지할 틈도 없이 벌어진 일이었다.

마치 살아 있는 것처럼 아가리를 벌린 상자가 정훈을 집어 삼킨 것이다.

만약 정훈에게 남은 하나의 목숨이 없었다면 그것으로 게

임은 끝.

'이걸 다행이라고 해야 하는 건지…….'

불행 중 다행인 건 죽음의 상자는 선택권을 소비하지 않는다는 점이다.

어차피 죽게 될 경우 선택이 필요하지 않으니 굳이 선택권을 제하지 않은 것.

정훈에게는 무척 다행한 일이었다.

'이젠 50퍼센트 확률이로군.'

목숨 하나를 바치는 대가로 원하는 것을 얻을 확률이 33퍼센트에서 50퍼센트로 증가했다.

하지만 반대로 생각하면 허탕을 칠 확률도 50퍼센트라는 말이다.

그답지 않게 얼굴을 찡그린 채로 고민에 고민을 거듭한다.

육안으로 구분할 수 있는 차이점이 없다.

아니, 설혹 차이점을 안다 한들 안에 무엇이 들어 있는지는 이것을 고안한 창조신이 아니라면 알 수 없을 터였다.

'고민이 아무런 의미가 없지.'

지금 여기서 고민하는 것 자체가 무의미한 일. 어차피 모든 건 운에 달려 있는 것이다.

찌푸린 얼굴을 풀었다. 그리고 오른쪽 상자를 향해 손을 뻗었다.

딸칵.

상자의 입구가 개방되는 바로 그 순간.

—입문자의 행운이 절정에 이르렀군요!

—축하합니다. 영원의 터, 아틀란티스의 소유자가 되었습니다.

—보물의 도시 아틀란티스의 모든 보물이 입문자의 것입니다.

+10 광의 상자에서 얻을 수 있는 최종 보상은 아틀란티스의 소유권이었다.

사실 아틀란티스는 얼음 궁전과 같은 영원의 터였고, 이곳을 소유한다는 건 그 안에 있는 모든 보물 또한 소유가 된다는 것을 의미했다.

"됐다!"

밀려오는 감동에 크게 소릴 지르고 말았다.

그럴 수밖에 없었다. 신전 안을 가득 채우고 있는 모든 보물이 그의 소유가 된 것이다.

오르비스의 정보대로라면 태초급 무구 4개, 같은 등급의 물약과 소비 용품이 10개나 보관되어 있는 곳의 소유권을 말이다.

물론 태초급 이외에도 쓸 만한 태고급 보물이 널려 있지만, 지금의 정훈에겐 크게 가치가 없는 것이었다.

'적당한 걸 골라서 나눠줘야겠군.'

그에겐 필요 없는 것이라도 다른 입문자들이라면 어떨까.

예전보다는 무구의 질이 좋아졌지만, 아직 태고급 무구를 지니지 못한 이들도 부지기수였다.

정훈의 몸은 하나에 불과했기 때문이다.

아무리 그가 발 벗고 뛴다고 해도 얻을 수 있는 무구의 개수는 한정될 수밖에 없었고, 그것을 손에 넣는 이는 소수에 불과했다.

하지만 이제는 다르다.

아틀란티스에는 족히 수백 종의 태고급 무구가 잠들어 있었고, 마신들에게 필요한 몇 개를 제외하면 모든 것을 신살에게 나눠 줄 생각이었다.

'다음 시나리오에서의 생존 확률을 높여야 하니.'

단순히 전력을 상승시킨다는 의미만은 아니었다.

마지막 하나의 시나리오를 남겨 둔 아홉 번째 시나리오. 이 무대는 사실상 마지막 무대로 가기 위한 시험이었다.

두 세력의 반목으로 어느 정도의 인원이 살아남았는지는 모르겠지만, 어찌 됐든 생존한 이들 중 90퍼센트 이상이 탈락할 정도의 가혹한 시험이 다음 시나리오에서 행해진다.

그것도 지금까지완 달리 그 누구도 의지할 수 개인전의 형태.

되도록 많은 이들이 생존해야만 정훈의 계획이, 마지막 세 번째 관리자를 보다 쉽게 처리할 수 있기에 보물을 나누는 건 선택이 아닌 필수가 될 수밖에 없었다.

–제8 시나리오, 영웅vs입문자 종료.

–제9 시나리오 포털 작동.

–보물의 섬 중앙에 포털 생성.

–포털 종료까지 남은 시간 없음. 생존한 입문자 전원이 포털을 통과하기 전까지 포털은 유지됨.

그의 잡념을 떨치게 한 건 시나리오의 종료 알림이었다.

이미 목적한 것을 이룬 상황.

하지만 정훈이 포털을 향해 움직이는 일은 없었다. 주변을 돌아다니며 자신에게 맞는 무구를 착용하기 시작했다.

우선 그의 선택을 받은 건 태초급 무구인 오우관, 반지, 귀걸이, 목걸이의 3개 세트로 이루어진 아틀라스 세트였다.

용강검과 오우관. 이렇게 천랑왕 세트도 2개가 모였지만, 3개가 아닌 이상 세트 효과는 발생하지 않았다.

하지만 오우관은 세트가 아닌 단독으로 봐도 굉장한 능력을 지닌 무구였다.

오우관

등급 : 태초 **종류 :** 투구

효과 : 모든 어둠 속성의 피해 80퍼센트 감소

하늘의 지혜를 얻어 마력이 3단계 격상

하늘의 눈, '천안天眼' 사용 가능

하늘의 권능, '천벌天伐' 사용 가능

하늘의 속성, '천상天上' 사용 가능

설명 : 하늘의 주인이 심혈을 기울여 만든 관. 이 관을 쓰는 자는 하늘의 권능을 마음껏 발휘할 수 있다

하나하나가 굉장한 위력을 자랑하는 스킬을 3개나 얻을 수 있는 투구가 바로 오우관이었다.

어디 그뿐인가. 태초급 액세서리, 그것도 세트로 이루어진 아틀라스 또한 그의 수중에 들어왔다.

아틀라스의 눈물

등급 : 태초 **종류 :** 반지
효과 : 모든 능력치 1단계 하락
설명 : 아틀라스의 기억이 담긴 사파이어 반지. 비참한 최후를 맞이한 왕의 저주가 담겨 있다

아틀라스의 분노

등급 : 태초 **종류 :** 귀걸이
효과 : 모든 스킬의 위력 30퍼센트 하락
설명 : 아틀라스의 기억이 담긴 루비 귀걸이. 비참한 최후를 맞이한 왕의 저주가 담겨 있다

아틀라스의 절망

등급 : 태초 **종류 :** 목걸이
효과 : 모든 무구의 효과 50퍼센트 하락
설명 : 아틀라스의 기억이 담긴 다이아몬드 목걸이. 비참한 최후를 맞이한 왕의 저주가 담겨 있다

무려 태초급의 액세서리 세트.

하지만 그 능력을 살펴보면 하나같이 도움이 되지 않는, 오히려 착용자의 능력을 저하시키는 것뿐이었다.

그도 그럴 게 등급만 태초급이지, 실상은 저주받은 보물이기 때문이다.

아틀란티스를 다스린 위대한 왕 아틀라스는 그 오만한 성정으로 인해 신의 저주를 받고, 자신이 다스리던 도시와 함께 멸망을 맞이했다.

천벌이 그의 도시를 휩쓸 무렵, 그는 신을 향한 저주의 언어를 내뱉었고 그 원한은 당시 착용하고 있던 3개의 액세서리에 깃들고 말았다.

그의 눈물과 분노, 절망이 새겨진 액세서리.

그게 바로 아틀라스 세트였던 것이다.

하나씩만 놓고 보자면 저주받은 무구에 하등 쓸모없는 것이 맞다.

하지만 그건 하나씩만 놓고 봤을 때다.

지금처럼 3개 세트를 동시에 착용하게 된다면…….

—아틀라스의 눈물과, 분노, 그리고 절망이 한자리에 모였습니다.

—마침내 하나 된 감정은 아틀라스의 저주를 발현합니다.

—잊힌 왕의 저주는 착용자에게 강력한 권능을 부여합니다.

별다른 알림은 없었지만, 그 순간 정훈은 발동된 세트의 힘을 느낄 수 있었다.

지금껏 한 번도 느끼지 못한 강력한 힘이 휘감아 도는 것을 느낄 수 있었다.

그것은 마치 이제 얼마 살지 못하는 고령의 노인이 다시 젊은 시절로 되돌아 간 것과 같은 느낌.

한정훈

근력(現神) : 10
강인함(現神) : 10
순발력(現神) : 10
마력(現神) : 10

아틀라스의 저주가 지닌 권능은 지극히 간단했다.

바로 착용자의 능력치를 한계까지 끌어올리는 것이었다.

이 3개 액세서리를 착용하는 순간 현재 어떤 능력치를 지니고 있건 간에 현신의 10단계, 즉 입문자에게 허락된 최후의 능력치는 얻게 되는 것이다.

단순한 효과만큼 강력하지 그지없는 능력이라 할 수 있었다.

막강한 권능을 손에 넣은 정훈이 다음으로 한 일은 주변을 돌아다니며 필요한 보물을 챙기는 것이었다.

그에게 필요한 것이라고 해 봐야 태초 등급의 물약과 소비용품밖에 없었지만, 사이사이에 숨은 그것들을 발견해 내는 것도 그리 쉬운 일은 아니었다.

정훈은 필요한 모든 것을 다 챙긴 후에야 신전 밖으로 나갈 수 있었다.

슉.

신전 밖으로 발을 들인 즉시 공간이 뒤틀리는 현상을 겪었다.

아틀란티스가 영원의 터로 변한 덕분에 이전과 같이 피바다를 헤엄쳐 넘어갈 필요가 없게 된 것.

순식간에 뒤바뀐 풍경은 보물의 섬임을 나타내고 있었다.

정면을 바라보자 어그러진 공간의 통로, 포털이 보였다.

“음?”

그리고 눈앞에 펼쳐진 이질적인 광경에 의문을 표할 수밖에 없었다.

‘아무도 없어?’

당연히 자신을 기다리고 있을 것이라 생각했던 입문자들이 보이지 않았다.

의문이 떠오르는 건 당연한 일이었다.

아틀란티스를 제외하면 사실상 다른 구역이 존재하지 않는 곳이다.

그렇기에 다른 곳에 있을 가능성은 없다.

그렇다면 생각할 수 있는 건 하나.

‘먼저 포털을 통과했다는 건데.’

단 하나의 결론에 도달할 수밖에 없지만, 그것도 왠지 석

연치 않다.

생존에 관해선 그 누구보다 철저한 준형이 다음 시나리오가 무엇인지, 그 어떤 정보도 없이 포털에 발을 들였다는 게 믿기지 않았다.

'설마 전멸한 건 아니겠지?'

누가 이겨도 상관없다. 하지만 내심은 준형의 편을 들고 있었다. 아니, 솔직히 말해서 준형이 포함된 구세력이 이기리라 장담하던 터였다.

함께해 온 시간이 다르다는 걸 알고 있었기 때문이다.

다수 대 다수의 전투, 특히 보물의 섬처럼 모든 능력치가 동일한 상황이라면 압도적인 인원수의 차이가 아닌 이상에야 오래 동안 손발을 맞춰 온 쪽이 이길 수밖에 없다.

이미 그 승패는 확인했다.

주변의 시체를 살펴 본 그는 준형의 승리를 확신하고 있었다.

포털 주변에 널브러진 아슬란의 시신과 주변 어디에서도 준형과 간부들을 찾아볼 수 없었기 때문이다.

아슬란이라면 몰라도 준형이라면 반드시 기다리고 있어야만 했다.

석연치 않은 마음에 그 자리에 서서 기다렸다.

하지만 1시간이 지나도록 준형은커녕 입문자들 그 누구도 찾아오지 않았다.

'먼저 지나간 게 틀림없군.'

굳이 1시간 동안이나 기다린 건 다음 시나리오에 관한 대략적인 정보와 건네줄 선물이 있었기 때문이다.

모처럼 선심을 쓰려고 했건만 그들은 이미 사라진 뒤였다.

'별수 없지.'

어차피 목숨을 잃는 건 자신이 아닌 그들이다.

애초의 계획과는 다르지만, 혹독한 환경에서 살아남는다면 전력에 더욱 도움이 될 터.

그리 긍정적인 생각을 하며 포털에 발을 들여놓았다.

조금 전 영원의 터를 나온 것처럼 공간의 뒤틀림이 느껴졌다.

하지만 조금 전과는 달리 상당한 현기증을 동반하는 것이었다.

선이 뒤틀리고, 면이 뒤집힌 세상. 순식간에 변화한 사물은 곧 하나의 명확한 형상을 이루었다.

마침내 눈앞에 모습을 드러낸 건 하늘을 뚫을 것처럼 높게 솟은 칠흑의 탑이었다.

–제9 시나리오, 오만의 탑을 시작합니다.

–100층에 이르는 가혹한 시험의 탑을 정복하십시오.

–단, 명심하기 바랍니다. 50층을 정복하지 못한 자는 다음 시나리오에 참가할 자격이 주어지지 않습니다.

시나리오의 시작을 알리는 알림이 파고들었다.

시나리오 : 오만의 탑

내용 : 신에게 도전한 오만한 자들이 감금된 탑. 오만한 그들을 물리치고 탑을 정복하라
제한 시간 : 없음
성공 보상 : 정복한 층수에 따른 차등 보상
실패 벌칙 : 50층 이하에서 실패 시 소멸

드디어 시작된 아홉 번째 시나리오.

오만의 탑은 지금까지완 다르게 철저하게 개인의 무력만을 이용해 시련을 극복해야만 하는 곳이었다.

애초에 포털을 넘어선 순간부터 공간이 분리되어 각자 다른 탑을 오르게 되는 것.

그렇기에 지금 정훈의 주위엔 인기척을 찾아볼 수 없었다.

'오히려 이게 편하지.'

이토록 철저한 개인전은 정훈으로선 환영하는 바였다.

입문자들에 대한 걱정? 그건 이미 머릿속에서 지운 뒤였다.

어차피 그들의 힘은 부가적인 것에 불과하기 때문이다.

머릿속을 채운 건 오직 눈앞의 탑을 정복하는 것뿐.

단호한 결의로 번뜩이는 눈동자의 정훈이 탑을 향해 걸음을 옮겼다.

끼이익.

그가 가까이 접근하기 무섭게 탑의 거대한 입구가 틈을 벌

렸다.

그 너머를 응시했으나 보이는 것이라곤 검게 물든 어둠뿐, 다른 어떤 것도 보이지 않았다.

어둠은 인간의 근원적인 공포를 끌어올리는 미지의 존재. 하지만 정훈의 걸음에는 주저함을 찾아볼 수 없었다.

벌린 틈새 사이로 발을 들였다. 천천히 그의 육신이 입구를 통과했다.

화악.

어둠을 몰아내는 찬란한 빛이 주위를 감쌌다.

그런데 일반적인 빛과는 다르게 눈이 부시지 않다.

마치 봄바람의 그것처럼 따스한 기운이 몸을 감쌀 뿐이었다.

오랜만에 느끼는 포근함. 그 빛은 왠지 모르게 사람을 나른하게 만들었다.

"어딜!"

이를 경계한 정훈은 현신의 끝에 이른 기운을 폭발적으로 내뿜었다.

단순한 빛이 아니다. 탑에 발을 들인 그 순간부터 시험은 시작되고, 한 순간도 방심할 수 없었다.

고오오.

그 강렬한 기운은 유혹처럼 뻗어오는 빛을 몰아냈다.

탑을 오르는 입문자의 심지를 시험하는 시련은 그렇게 허무하게 끝을 맺었다.

빛은 사라졌다. 대신 탑 안이라고 생각할 수 없는 풍경이 정훈을 반겼다.

양측으로 싱그러운 생명을 가득 품은 나무가 울창하게 자라나 있고, 그 사이엔 정돈되지 않은 오솔길이 나 있다.

언뜻 보기엔 정겨운 시골길과 같다. 하지만 보는 것과 다르게 이곳이 굉장한 위험 지역이라는 것을 정훈은 파악하고 있었다.

콰콰쾅!

과연 그의 예상대로 범상치 않은 폭발음이 들려왔다.

팟.

반경 1킬로미터의 개미가 움직이는 소리까지 포착 가능한 청력의 소유자가 바로 그였다.

곧바로 소리의 근원지를 파악한 그는 신형을 움직였고, 꺼지듯 그 자리에서 사라졌다.

"늑대 부족에 영광 있으라!"

"붉은 모자 녀석들을 쓸어 버리자!"

괴성과 폭음, 그리고 병장기가 부딪히는 쇳소리가 연이어서 터져 나오는 전투의 현장.

그곳에는 확연이 구분이 되는 두 세력이 뒤엉켜 서로의 목숨을 탐하고 있었다.

그 주인공은 늑대 가면을 쓴 30명의 건장한 사내들과 붉은 모자를 두른 26명의 여자들이었다.

치열한 전투의 양상은 점차 한쪽의 승기로 나아가는 듯했다.

수적으로도 열세에 놓인 붉은 모자 일당은 무력 면에서 늑대 가면의 사내들에게 상대가 되지 못했다.

시간이 지날수록 붉은 모자 일당의 사상자가 늘어나기 시작했고, 그렇지 않아도 불리한 양상이 처참할 정도가 되었다.

"아흑!"

"끄억!"

하나둘 쓰러지기 시작한 붉은 모자 일당은 순식간에 10명으로 줄어들었다.

비록 목숨을 부지하긴 했지만, 다들 심각한 부상을 입은 상태. 승패는 이미 갈린 것이나 마찬가지였다.

"그러게 아돌프 님을 따랐으면 좋았지 않느냐. 신인지 뭔지, 보이지도 않는 존재를 믿다니. 아돌프 님이야말로 우리가 모셔야 할 주인이자 유일신이란 사실을 모른단 말이냐."

늑대 가면 일당을 이끄는 사내가 앞으로 나섰다.

그의 시선은 나머지 9명의 보호를 받고 있는 중앙의 소녀에게 향해 있었다.

얼핏 보기에도 연약하기 그지없는 붉은 모자, 그리고 망토를 두른 소녀.

"닥쳐라! 감히 하찮은 아돌프 따위를 신이라니. 정녕 하늘이 무섭지 않단 말이냐!"

늑대 가면 사내의 말에 소녀가 불같은 노여움을 드러냈다. 그런데 그 말하는 모양새가 어딜 봐도 어린 소녀의 것이 아니었다.

그것은 여자의 외모에 속아 넘어가면 안 되는 이유기도 하다.

사실 소녀처럼 보이는 그녀는 소녀와는 거리가 먼, 영원의 인생을 살아온 불사자 중 하나였다.

태초에 탄생한 여자, 붉은 머리 일족을 이끄는 수장이기도 한 아르미. 그것이 바로 그녀의 진정한 신분이었다.

"크크. 그래. 네년이 그렇게 나올 줄 알았지. 어차피 협상은 없다. 오늘 이곳이 너희의 무덤이 될 것이다!"

그는 가만히 앉아 명령만 내리는 이가 아니었다.

말을 마친 즉시 무서운 속도로 쇄도해 붉은 모자 일족을 향해 날카로운 발톱형 무기를 드러냈다.

꽈득.

현재 그의 강력한 일격을 막을 자는 붉은 모자 일족 중엔 없었다.

물론 그 말은 맞다. 다만 붉은 모자 일족이 아닌 외부인이라면 이야기가 다르지만 말이다.

"웬 놈이냐?"

전력을 다한 일격을 막다니.

범상치 않은 훼방꾼을 바라보는 늑대 가면 사내의 눈이 잠깐이지만 동요로 흔들렸다.

나타난 것만으로도 주변을 장악하는 강력한 존재감의 사내가 눈앞에 있었기 때문이다.

검은 깃털이 장식된 칠흑의 관과 오색의 기운, 그리고 강렬한 황금빛 광채의 쌍검을 든 사내.

이 세계에서 그 정도의 존재감을 지닌 존재는 오직 정훈뿐이었다.

"너희를 모조리 죽일 놈이시다."

한차례 좌중을 훑어 본 정훈이 속삭이듯 중얼거렸다.

갑자기 앞을 가로막은 것.

그것은 괜한 오지랖은 아니었다.

퀘스트 : 붉은 모자 아르미

내용 : 붉은 머리 일족의 수장 아르미를 무명의 신이 머무룩 있는 성소까지 호위하라

제한 시간 : 23시간 59분 59초

성공 보상 : 1층의 상자

실패 벌칙 : 소멸

오만의 탑 1층에 발을 들인 즉시 생성된 퀘스트였다.

그 내용은 간단했다.

붉은 머리 일족의 아르미를 지정된 목표까지 안내하는 것.

"어디서 그런 망발을……."

스스슥.

노한 음성을 토해 내던 그는 차마 그 말을 끝맺지 못했다.

귓가에 들리는 작은 소음. 그것이 무엇을 의미하는지 깨달았기 때문이다.

푸확.

사내의 뒤. 흉흉한 기세로 정훈을 압박하던 늑대 가면 일족 29명 전원이 허리가 양단된 채로 지면에 쓰러지고 있었다.

"어, 언제?"

눈을 부릅뜬 그는 싸늘한 주검이 된 부하들의 모습을 바라보며 두려움에 떨어야만 했다.

평온한 부하들의 모습을 보아하니 언제 당했는지도 모른 채 죽음에 이른 게 분명했다.

비록 부하들이긴 했지만, 강력한 힘을 지닌 그들을 동시에, 그것도 손을 썼는지조차 모르게 죽일 수 있다는 건 사내의 무력을 짐작케 하는 것이다.

서걱.

귓가에 파고드는 섬뜩한 소음. 그와 함께 늑대 가면 사내의 의식이 끊겼다.

"……."

마지막 사내의 죽음을 끝으로 기묘한 정적이 장내를 지배했다.

정훈의 경우엔 원체 말이 없는 사내였고, 뜻밖의 구함을 받은 붉은 모자 일족은 그 강력한 무력과 잔혹함에 차마 어떤 말도 꺼낼 수 없었다.

"도움 필요해?"

결국, 먼저 말을 꺼낸 건 정훈 쪽이었다.

별로 말을 붙이고 싶지는 않았으나 꽁꽁 숨겨 놓은 보상을 얻기 위해선 서둘러야만 했다.

성소에 도착하는 시간이 빠르면 빠를수록 더 나은 보상을 얻을 수 있기 때문이다.

"네, 아 네네. 도움이 필요해요."

상황이 어떻게 돌아가는지 아직 파악하지 못했지만, 분명한 건 지금 눈앞의 사내가 도움을 준다는 것이었다.

강력한 그 힘을 등에 업을 수만 있다면 성소에 무사히 도착하는 것도 불가능한 일은 아닐 것이다.

자신에게 가장 이득이 되는 상황을 판단한 아르미가 재빠르게 답했다.

"그럼 간다. 꽉 잡아."

"꺅!"

어느새 아르미를 안은 정훈이 지면을 박찼다.

콰앙.

지면에 일어나는 거미줄과 같은 균열을 남긴 그의 신형이 공간을 도약했다.

눈을 깜빡하는 그 순간 이미 정훈과 아르미의 모습은 그 자리에서 찾아볼 수 없었다.

"어, 어어어……."

남겨진 9명의 붉은 머리 일족.

그녀들은 갑자기 일어난 일련의 사태에 그 어떤 대응도 할 수 없었다.

대응을 하기에는 워낙 순식간에 벌어진 일이었던 탓이었다.

"어딜 지나가려고!"

"아르미를 내놓아라!"

목적지인 성소는 이미 적들에게 발각된 상황. 그렇기에 가는 길목마다 매복이 있는 건 당연한 일이었다.

휘잉.

하지만 그들이 맞이할 수 있는 건 때아니게 불어온 광풍이었다.

그도 그럴 게 현신의 끝이라는 영역에 도달한 정훈의 이동 속도는 감히 그들의 몸과 눈으로는 쫓을 수 있는 게 아니었기 때문이다.

덮치려고 보면 어느새 저 멀리 사라져 있다. 그 속도를 따라잡는 건 지금의 그들로선 불가능한 일이었다.

"……."

한 줄기 바람이 되어 사라지는 그의 뒷모습을 멍하니 바라보는 수밖에는 없었다.

그리고 그 상황은 계속 반복되었다.

본래 입문자는 아르미를 호위하면서 매복해 있는 적들을 상대하는 과정을 거쳐야만 한다.

전력에 큰 도움이 되지 않는 아르미를 대동한 채 다수의 적들과 싸움을 벌여야만 하는 것.

물론 다른 9명의 붉은 머리 일족이 함께한다지만, 다들 부상 상태가 심각하기 때문에 사실상 10명의 짐을 떠안은 채 싸워야만 하는 것이다.

하지만 정훈의 놀라운 이동속도는 이와 같은 과정을 무시하게끔 만들었다.

넋 놓고 바라보는 늑대 일족을 뒤로한 채 목적지를 향해 빠른 속도로 쏘아져 나갔고, 불과 5분이 지나기도 전에 무명신의 성소에 도착할 수 있었다.

눈앞에 보이는 건 웅장하고 신비한 기운을 품은 하얀색 신전이었다.

평소라면 감히 범접할 수 있는 신비한 기운에 둘러싸여 있어야 할 그곳엔 웬일인지 탁하고 음습한 기운만이 가득했다.

"도대체 이게 무슨……."

주변을 돌아보던 아르미는 차마 말을 이어 가지 못했다.

그 부정한 기운을 둘째 치고 성소를 지키고 있어야 할 붉은 모자 일족의 정예들이 모조리 도륙나 있었기 때문이다.
마치 짐승에게 뜯긴 것처럼 육신의 일부가 심하게 훼손된 채였다.
다른 누구도 아닌 붉은 머리 일족에서도 손에 꼽히는 실력자들이다.
짐승 따위에게 당할 턱이 없으니 범인은 하나로 좁히는 게 가능했다.
"아돌프!"
늑대 일족 중에서도 가장 강력한 힘을 지닌 그만이 가능한 일이었다.
다급하게 성소 안으로 진입하는 아르미를 따라 정훈 또한 발걸음을 빨리 했다.
순백의 공간을 자랑하던 성소 안은 붉은 모자 일족이 흘린 피로 인해 붉게 물들어 있었다.
물론 그 중간마다 늑대 일족의 시신 또한 확인할 수 있었다.
"감히 이런 만행을 저지르다니."
입술을 꽉 깨문 아르미를 따라 이동하길 얼마간.
마침내 정훈과 아르미는 성소의 가장 깊숙한 곳, 심장부에 도달할 수 있었다.
"한 발 늦었다."
두 사람을 반기는 건 허공에 둥실 떠올라 있는 사내였다.
다른 이들과는 달리 붉은 늑대 가면을 쓴 그는 늑대 일족을 이끌고 있는 수장인 아돌프였다.

하지만 평소의 그와는 명백한 차이가 있다.

줄기줄기 뿜어져 나오는 어둡고 파괴적인 그 기운은 동일 인물이라고 상상할 수 없는 정도의 것.

"네, 네가 어째서 아버지의 기운을……?"

놀란 아르미가 소리쳤다.

아돌프가 뿜어 대는 기운은 뭔가 이질적인 것 같지만, 그녀가 모시는 신이자 아버지인 무명 신의 것과 흡사했기 때문이다.

"크큭. 한 발 늦었구나. 그의 힘은 이제 나의 차지가 되었다."

아돌프가 성소를 습격한 건 단순히 반목하는 붉은 머리 일족을 제거하기 위함이 아니었다.

무명 신의 혼이 봉인된 장소, 그곳에 숨겨진 강력한 힘을 차지하기 위한 것.

탐식의 힘을 지닌 그는 신의 혼마저도 삼켰고, 그 힘을 자신의 것으로 만들 수 있었다.

'10분 이내에 도착했으니 최고 난이도로군.'

상황이 어찌 돌아가고 있는지, 굳이 설명을 들을 필요가 없었다.

이 모든 일련의 사태는 정훈이 가장 빠른 시간 안에 성소에 도착했기 때문에 벌어지는 일이었다.

성소에 도착하는 시간대 별로 아돌프의 강함이 결정된다.

무명 신의 혼을 흡수한 지금의 아돌프는 10분 이내에 도착했을 시 정해지는 가장 강력한 상태.

고작 1층인 주제에 현신의 5단에 이르는 강력한 능력치와 이에 상응하는 권능을 지니게 되는 것이다.

"이 힘이 느껴지느냐. 내가 바로 유일한 존재. 이 세계의 신이다!"

고오오오.

생전 느껴 보지 못한 절대의 힘에 취한 아돌프가 타락한 무명 신의 힘을 마음껏 방출하기 시작했다.

쩌적.

기세의 방출만으로 성소에 균열이 일었다.

"아아, 이런 강력한 힘이라니. 여기서 끝이란 말인가."

파도치듯 밀려오는 그 강력한 힘에 아르미는 절망해야만 했다.

비록 일부에 불과하나 신의 힘을 손에 쥔 아돌프를 무슨 수로 당해 낸단 말인가.

그녀가 할 수 있는 일이라곤 절망하고 좌절에 빠지는 것뿐이었다.

"끝 같은 소리하고 있네."

줄곧 담담한 신색을 유지하고 있던 정훈이 중얼거렸다.

아돌프와 아르미의 이 어색한 연극을 더는 봐줄 생각이 없었다.

"합!"

감히 말할 수 있다.

지금 정훈은 입문자 중 최강, 아니 신을 제외하면 모든 생명체 중 가장 강력한 힘을 지니고 있다는 것을 말이다.

쿠콰콰콰콰.

힘찬 기합성과 함께 방출된 기운.

무형의 것이 유형화되어 공간을 잠식했다.

절대의 것이라 생각했던 아돌프의 기운은 풍랑에 휘말린 조각배처럼 요동치다 이내 소멸되어 버렸다.

"크흡!"

차마 무어라 표현할 수 없는 절대적인 기운에 의해 아돌프는 헛바람을 들이킬 수밖에 없었다.

영원의 세월을 살아오는 동안 단 한 번도 느껴 보지 못한 어떤 감정이 고개를 들이밀었다.

처음에는 미약했으나 나중에는 그의 모든 정신을 지배하기 시작한 그것은 공포였다.

덜덜덜.

육신의 떨림이 시작되었다.

저항? 이 절대적인 기운에 저항한다는 건 감히 생각조차 할 수 없었다.

그가 취할 수 있는 일이라곤 그 기운에 복종하는 것이었다.

털썩.

기운에 실린 의지가 원하는 대로 무릎을 꿇었다.

그리고 그것이 아돌프의 마지막이었다.

서걱.

길게 끌기 싫었던 정훈은 일격에 목을 베는 것으로 아돌프에게 죽음을 선고했다.

—퀘스트, 붉은 모자 아르미를 완료했습니다.

—퀘스트를 달성하는 데 까지 소요된 시간은 5분 17초입니다.

—축하합니다. 역대 최단 시간 퀘스트 완료 기록입니다.

—오만의 탑 1층 명예의 전당에 입문자 한정훈의 기록이 1위로 기록됩니다.

—1위 기록 달성으로 인한 보상이 지급됩니다.

연이어 들려오는 알림.

하지만 1위 보상을 끝으로 더는 관심을 두지 않았다.

최고 기록을 경신하며 받게 된 보상이지만, 고작해야 1층에서 주어지는 것이다.

다른 입문자들에겐 썩 괜찮은 보상일지 모르나 그에게는 수집품 그 이상의 가치가 없었다.

—2층으로 통하는 포털이 활성화됐습니다.

눈앞에 어그러진 공간의 포털이 생성되었다.
분명 모든 일이 끝났다.
하지만 정훈은 포탈을 향해 걸음을 옮기지 않았다.
뚫어질 듯한 그의 시선은 오직 아르미에게 고정되어 움직이질 않았다.
"어때? 역할 놀이는 재미있었나?"
넋이 나가 있던 아르미의 눈동자로 번쩍이는 기광이 스치고 지나갔다. 찰나에 불과한 순간 사라졌지만, 그것을 파악하지 못할 정훈이 아니었다.
"그, 그게 무슨 말이죠? 역할 놀이라뇨? 저에게 한 말인가요?"
당황하며 말을 더듬는 그 모습은 진정한 그녀의 모습을 알고 있지 않았다면 깜빡 속아 넘어갈 수밖에 없을 정도로 명연기라 할 만했다.
스팟.
시치미를 떼겠다는 데 무슨 대화가 더 필요하겠는가.
정훈의 손에서 섬광이 번뜩였고, 그 궤적은 정확히 아르미의 허리를 향해 쇄도하고 있었다.
전력을 다하진 않았으나 그 손속은 조금 전 아돌프를 베었을 때와 똑같은 것이었다.
신의 힘을 손에 쥔 그를 일격에 베어 넘긴 공격.
당연히 아르미 또한 허리가 양단된 채 쓰러지는 게 당연한 결과였다.

그그극.

하지만 드러난 결과는 예상과는 달랐다.

오직 붉게만 물든 핏빛의 채찍이 용광검을 휘감고 있었다.

"죽기는 싫었나 보지?"

드디어 신력을 드러낸 아르미를 향해 이죽거렸다.

"네 녀석. 어떻게 알았지?"

특유의 맹한 모습과는 거리가 먼, 도도한 기세의 아르미가 물었다.

"뭘 그렇게 놀래. 네 녀석이 여와女媧라고 말하지도 않았는데."

눈앞에 보이는 것만이 전부가 아니다.

사실 오만의 탑은 많은 비밀을 간직한 곳으로, 퀘스트 이외의 여러 요소가 숨어 있었다.

1층에 숨은 비밀 중 하나는 이 여와라는 존재였다.

여와. 그녀의 진실된 정체는 오래된 과거 창조신에게 도전했던 기만자였다.

창조주의 첫 번째 피조물이었던 그녀는 감히 절대 신의 위치에 도전했고, 그 결과는 실패로 돌아가고 말았다.

그리고 그 벌로 인해 이곳 오만의 탑 1층에 감금되어 아르미라는 역할을 맡게 된 것이다.

"호오. 그것까지 알고 있었단 말이냐?"

자신의 정체가 까발려졌음에도 여와는 그리 동요하는 기색이 없었다. 아니, 오히려 조금은 기뻐하는 얼굴이었다.
"그렇다면 나를 묶고 있는 금제도 알고 있겠구나?"
"입문자를 죽여서는 안 된다는 것."
"그래. 그리고 하나가 더 있지."
"정체가 탄로나게 되면 그 금제가 풀려난다는 것."
창조신의 벌을 이행해야 할 의무가 있는 여와는 입문자를 죽여선 안 된다는 금제에 묶여 있었다.
하지만 그것에서 벗어날 수 있는 유일한 길이 있었는데, 그건 바로 정체가 밝혀지는 것이었다.
물론 그것을 제 입으로 발설할 순 없었다. 어떠한 힌트도 없는 상태에서 입문자가 밝혀내야만 했다.
사실상 정체가 탄로날 확률은 0퍼센트에 가까웠다. 그런데 지금, 불가능할 것이라 여겼던 금제가 풀렸다.
여와가 창조신의 유일한 실패작인 이유.
그것은 그녀의 성정이 파괴에 근본을 두고 있었기 때문이다.
만약 금제가 없었다면 탑을 오르는 모든 입문자를 죽여 버렸을지도 모른다. 아니, 반드시 그랬을 것이다.
그런 그녀의 금제가 풀렸다.
콰드득.
핏빛 기운이 그녀를 감쌌고, 순식간에 육신이 재구성되

었다.

상반신은 아르미의 모습과 똑같았다. 달라진 것은 하반신이었다.

인간의 다리가 아니다.

놀랍게도 그녀의 하반신은 녹색 비늘이 알알이 박혀 있는 뱀의 그것이었다.

반인반수. 창조신의 첫 번째 피조물이자 실패작이기도 한 여와의 진정한 힘이 개방되는 순간이었다.

"모처럼 그가 창조한 피조물의 맛을 볼 수 있겠구나."

기묘하게 뒤틀린 입술이 들썩인다.

먹이를 섭취하지 않아도 살아갈 수 있는 그녀지만, 좋아하는 먹이가 있긴 했다.

그것은 그녀의 아버지, 창조신이 만든 다른 피조물이었다.

오래된 과거, 질투심이 많은 그녀는 창조신이 만든 피조물을 몰래 죽이곤 했다.

그 살해의 과정 중 우연히 손에 묻은 피를 핥은 적이 있었는데, 약간의 피만으로도 엄청난 쾌락을 느낄 수 있었다.

쾌락만이 아니었다.

피조물들을 먹으면 먹을수록 그녀의 힘은 강대해졌다.

그렇기에 자신의 아버지기도 한 창조신에게 도전할 수 있었다.

비록 그 시도는 실패로 돌아가 지금은 이렇게 감금된 신세가 되었지만, 언제나 그 맛을 잊지 못해 입맛을 다시곤 했었다.

다시는 먹지 못할 줄 알았다. 그런데 지금 기회가 생겼다.

"맛있게 먹겠습니다!"

맛있는 먹이를 준 아버지에게 작은 감사를 드리며 손에 든 핏빛의 채찍, 자신의 허물로 만든 홍사편紅蛇鞭을 휘둘렀다.

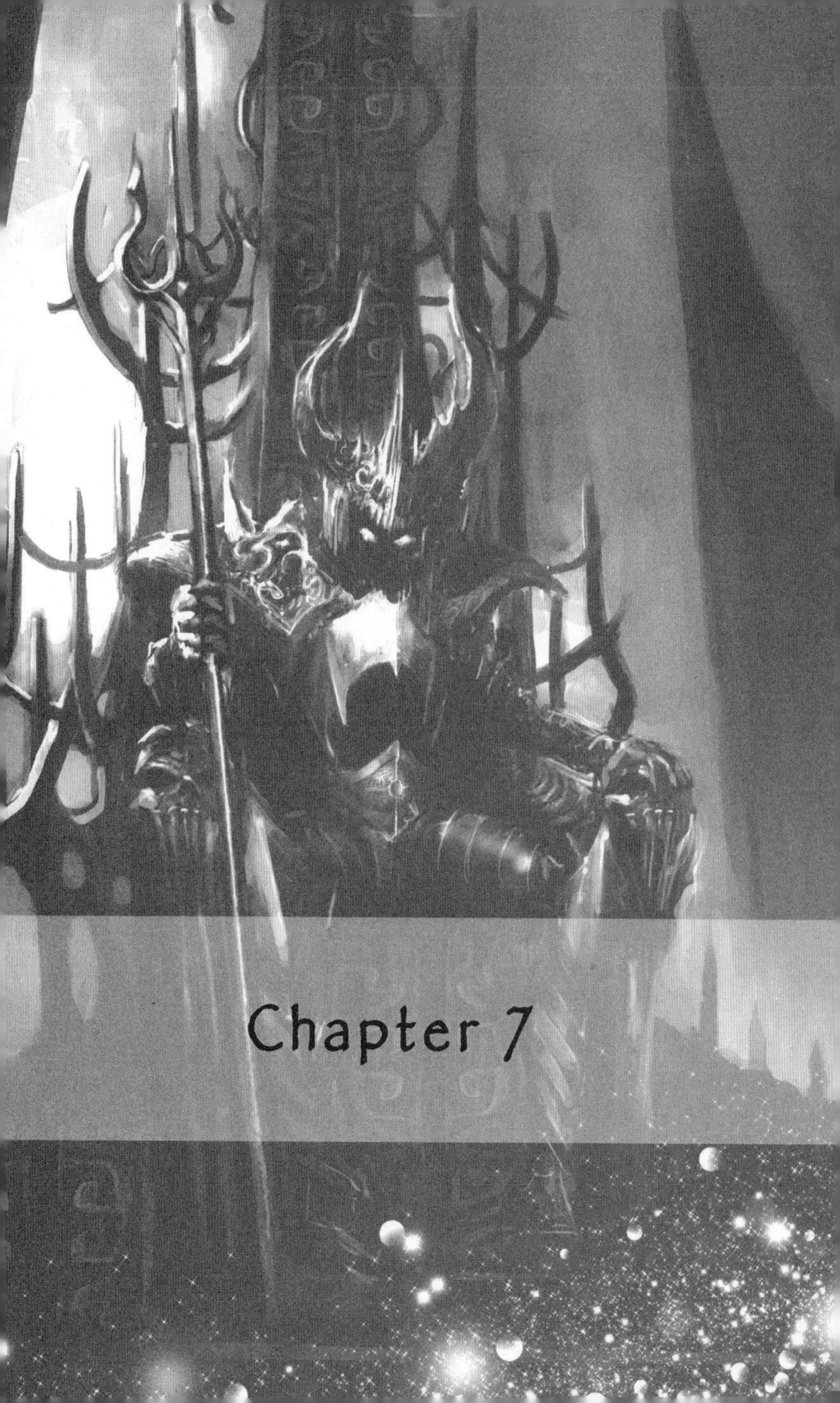

Chapter 7

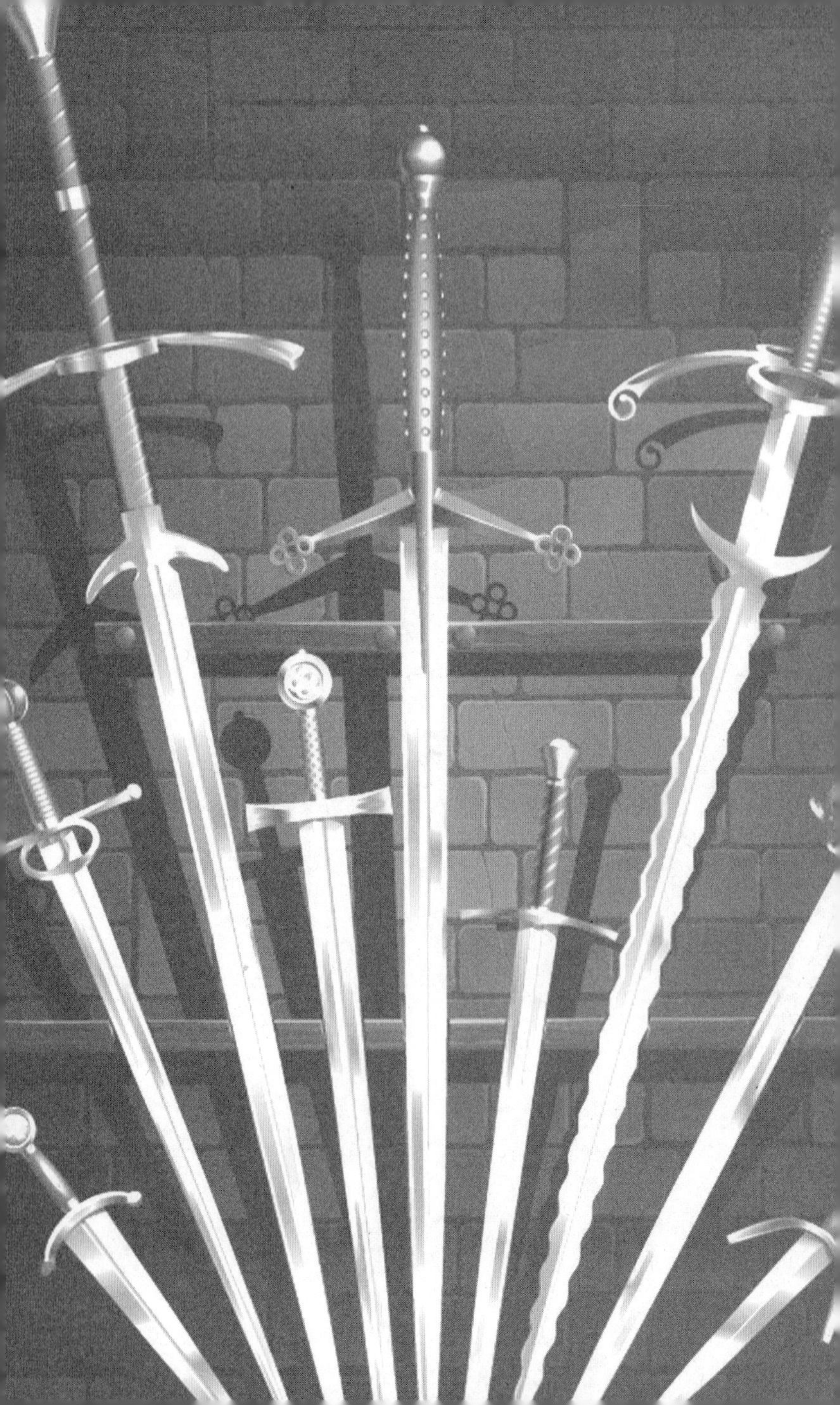

쐐애애액.

대기를 찢어 버리는 채찍의 위력은 강력하다는 것으로 표현할 수 없는 위력을 내포하고 있었다.

그도 그럴 게 여와의 능력치는 정훈과 마찬가지로 현신의 끝에 달해 있었기 때문이다.

비록 반역에 대한 대가로 신격을 잃어버려 그 이상의 능력을 발휘할 순 없었지만, 신이 아닌 생명 중에서는 가장 강력한 힘을 지니고 있다고 봐도 무방했다.

다가오는 홍사편을 바라보던 정훈의 육신이 흐릿하게 변했다.

촤촤촤촥.

뱀처럼 휘어져 들어오는 궤적을 피하기 위한 폭발적인 움직임.

홍사편이 어디를 파고 들던 마치 미래를 예견하고 있는 것처럼 모든 것을 회피했다.

지잉.

그것은 파랗게 물든 정훈의 눈동자, 천안이라는 권능이 가져다 준 권능에 기인한 움직이었다.

삼안이 예지에 가까운 예측을 가능케 해 준다면 천안은 말 그대로 예지를 보여 준다.

한 발 앞서 미래의 동작을 확인할 수 있으니 피하는 것은 식은 죽 먹기보다 쉬울 수밖에 없었다.

물론 그 권능을 유지하는 데 방대한 마력이 소모되긴 하지만, 현신의 끝에 도달한 그의 마력은 무한한 샘처럼 마르지 않았다.

"예사 녀석이 아니구나!"

지금 이 순간만큼은 여와도 감탄하지 않을 수 없었다.

설마 자신의 공격을 피할 것이라고는 예상도 하지 못했다.

그녀 또한 창조주의 위대한 계획에 대해선 어느 정도 알고 있다.

그렇기에 더 놀랍다. 아무리 이곳이 9막이라는 것을 감안해도 입문자가 이 정도의 능력을 갖추기란 사실상 불가능했기 때문이다.

"하지만 그래 봐야 피조물에 불과할 뿐이다."

그리 중얼거린 여와가 입을 벌렸다.

그 작은 입을 벌려 봐야 얼마나 벌리겠는가.

하지만 그것은 착각에 지나지 않았다.

한계가 없는 것처럼 벌어진 입은 세상을 집어삼킬 것처럼 그 영역을 확대했다.

세계 삼키기. 여와가 지닌 권능 중 하나였다.

이 강력한 권능은 말 그대로 세계를 집어삼킨다.

당연히 그 세계에 포함된 일부는 그녀의 한 끼 식사로 전락할 수밖에 없다.

"하늘이 벌을 내린다."

아득히 높은 창공에서부터 떨어진 푸른 벼락이 한껏 벌려진 여와의 윗입술로 떨어졌다.

"끄윽!"

그것은 일반적인 번개와는 거리가 먼, 물리적인 힘을 지닌 것이었다.

콰앙!

모든 것을 짓뭉개는 그 힘은 여와의 주둥이를 강제로 닫게 만든 것으로도 모자라 그녀의 머리를 지면 깊숙한 곳에 박혀 들게 했다.

오우관의 권능인 천벌이 발휘된 것이다.

세상 모든 존재를 무릎 꿇리는 절대적인 힘에 여와도 굴복할 수밖에 없었다.

"하늘의 힘이 깃드니."

뭉텅이로 마력이 빠져나갔다.

그 대신 손에 쥔 용광검과 엑스칼리번에 푸르른 창공의 기운이 덧씌워졌다.

특수 속성인 천상이 부여되어 그 강력함을 더한 것.

사실 여와의 육신은 모든 속성에 면역에 가까운 저항력을 지니고 있었다.

그렇기에 공격에 성공했다 한들 큰 타격을 주기 힘든데, 천상의 속성만큼은 달랐다.

절대적인 하늘의 기운에 저항이란 있을 수 없다.

어떤 면역 능력을 갖췄건 천상의 힘을 두르고 있다면 직접적인 피해를 줄 수 있는 것이다.

"이놈!"

두 검에 천상의 기운을 두른 사이, 지면을 뚫고 나온 여와가 격분의 외침을 토해 냈다.

챠챠챠챠챡.

전력이 실린 홍사편이 어지러이 휘어진다.

그 궤적이 불어나다 못해 세상을 뒤엎었다.

천지난무天地亂舞. 반드시 적을 주살하려는 그녀의 의지가 깃든 스킬이었다.

무한한 그 변화에서 벗어날 수 있는 방법이란 없었다.

유일한 방법이 있다면 상쇄시키는 것뿐.

"삼라만상의 이치가 곧 태극에 있으니."

읊조리듯 중얼거린 정훈의 손이 물결을 그린다.

신마를 꺾은 유일한 장본인 장삼봉의 극의가 그의 손에서 펼쳐졌다.

맨주먹에서 일어난 기운이 닿는 순간 사방을 가득 메운 홍사편의 궤적이 점차 사라졌다.

육신의 능력이 발전하면서 태극권의 효과 또한 더욱 강력해졌다.

같은 능력치로 펼친 이상, 그 신묘한 이치를 넘어서지 않는 이상 모든 공격은 무로 돌아간다.

유연하게 이뤄진 정훈의 태극권 시연이 끝난 순간, 홍사편의 궤적은 그 어디서도 찾아볼 수 없었다.

"이, 이럴 수가! 한낮 피조물 따위가 어찌 이런……."

억겁의 세월을 살아온 여와는 놀란 감정을 감추지 못했다.

신격을 지닌 신도 아닌, 고작해야 아버지의 자식들이 만든 피조물에 불과한 존재의 힘이라곤 생각할 수 없을 정도였다.

"이젠 내 차례로군."

세계 삼키기, 그리고 천지난무.

여와의 현재 능력으로 발휘할 수 있는 모든 스킬을 파훼했다.

반격만이 남은 것이다.

스스슥.

양손이 번갈아 움직인다.

용광검을 쥔 오른손이 가로로, 엑스칼리번을 쥔 왼손은 세로로 뻗어 나갔다.

천지양단을 동시에, 가로와 세로로 펼친 것이었다.

단순한 파괴력 면에서는 현재 정훈이 지닌 것 중 으뜸이라 할 만한 스킬이 동시에 펼쳐졌다.

구구구궁.

서로의 힘이 겹쳐지는 접점에 위치한 여와는 미증유의 힘이 자신을 덮쳐온다는 사실을 깨달을 수 있었다.

피해야 한다. 그런데 어디로?

세계에 아로새겨진 저 광범위한 공격을 어떻게 피한단 말인가.

그럼 막을까?

그런데 방법이 없다.

무한한 신의 육신이 아닌 제한된 현재의 육신으로 그 공격을 상쇄시킬 마땅한 방도가 떠오르지 않았다.

잠깐 망설이는 사이, 마치 지금까지의 죄를 연상시키는 거대한 십자가가 여와의 몸에 박혀 들었다.

푸확.

정확히 네 등분으로 갈라진 여와의 갈라진 몸뚱이에서 다량의 피가 뿜어져 나왔다.

일반적인 붉은색 피가 아닌 순백의 백혈이 지면에 작은 웅덩이를 만들었다.

–오만의 탑 1층에 감금된 죄인 여와를 살해했습니다.

–축하합니다. 신의 동전, 1을 획득했습니다.

여와가 소멸한 즉시 파고드는 알람.

한때는 신이었던 존재를 멸한 것이지만, 그 보상이란 게 고작해야 동전 하나였다.

여전히 백혈을 게워 내고 있는 여와의 주검을 바라보던 정훈은 이내 관심을 옮겨 보관함에 들어온 동전을 확인했다.

신의 동전(1)

등급 : 알 수 없음(Unknown) **종류 :** 화폐

효과 : 없음

설명 : 재질을 알 수 없는 금속 동전. 아마 무언가와 교환할 수 있지 않을까.

정보만으로는 쓰임새를 알 수 없는 동전.

물론 정훈은 이 동전이 어떤 곳에 쓰이는지 너무도 잘 알고 있었다.

용도를 파악하고 있었기에 위험을 무릅쓰고 여와를 처치한 것이었다.

'이제 고작 하나다.'

그것에 만족하는 일은 없었다.

이제 고작 하나를 얻었을 뿐이다.

그의 목표는 100층에 감금된 모든 죄인들을 처치하고 100개의 동전을 얻는 것이었다.

물론 그것을 다 얻을 수 있을지는 지금의 그로서도 장담하기 어려운 일이다.

'이곳은 그리 만만한 곳이 아니니까.'

1층의 죄인 여와만 해도 그 능력치가 현신의 끝에 이른 존재였다.

상층으로 갈수록 난이도가 상승하는 건 당연한 일. 특히 가장 두려운 건 80층 이후였다.

오르비스의 지식에도 80층 너머에 관한 정보는 없었기 때문이다.

80층에는 9막의 관리자가 머무르고 있다.

9막의 관리자에 대한 정보를 끝으로 그 이후의 층수에 대한 정보는 끊겨 있었던 것.

그 정보를 알고 있는 존재라면 위대한 계획을 꾸민 창조주 플라스마를 제외하면 없을 터였다.

미지의 영역에 대한 두려움이 없다면 거짓말일 것이다.

하지만 그 두려움만큼이나 의욕이 샘솟았다.

어째서?

100층을 정복하면 이 모든 계획을 무산시키겠다는 각오를 이룰 수 있을 것 같은 느낌이 들었기 때문이다.

단순한 느낌으로 치부할 수 있지만, 어찌 됐든 오만의 탑을 정복하는 게 목적에 도움이 되는 건 확실했다.

'반드시.'

모처럼 결의를 다진 정훈이 정면의 포털을 향해 발을 들였다.

"하찮은 피조물 같으니!"

오만의 탑 1층. 하지만 정훈이 머물렀던 곳과는 다른 차원과 공간이었다.

1층에 감금된 죄인 여와는 자신의 정체가 탄로 난 즉시 홍사편을 휘둘러 눈앞의 사내를 압박했다.

촤촤촥.

나눠진 차원에 존재하는 여와의 무력은 의심할 여지없이 강력했다.

세계를 가득 메우는 이 채찍의 궤적은 정훈 정도의 강자가 아니라면 결코 받아 낼 수 없는 것이었다.

파파파팟.

채찍의 궤적을 따라 수많은 주먹의 잔영이 생겨났다.

모든 궤적에 꽂혀 든 주먹은 놀랍게도 그 모든 기운을 상쇄시켰다.

"어떻게 이런!"

정훈을 상대했던 여와와 마찬가지로 동요의 빛을 띤 눈동자가 흔들린다.

일개 피조물 따위가 발휘할 만한 무용이 아니었다.

"이제 끝이다!"

낭랑한 음성이 울려 퍼졌다.

무릎을 편하게 구부린 채로 주먹을 일직선으로 뻗는다.

정권지르기.

동네 꼬마도 할 수 있을 법한 평범한 공격이었다.

퍽.

하지만 그 위력마저 평범한 건 아니었다.

무형, 무음의 권.

여와조차 인지하지 못한 그 기운은 그녀의 몸뚱이에 커다란 구멍을 만들어 놓았다.

"이, 이 기운을 어찌. 그렇다면 넌……."

그 어느 때보다 놀란 여와의 시선이 눈앞의 사내에게 향했다.

강력한 적을 물리쳤음에도 덤덤한 신색을 유지하고 있는 사내.

낙인처럼 새겨진 이마의 흉측한 자상이 나타내는 건 오직

한 명뿐이었다.

준형. 정훈의 의문과 함께 사라졌던 그가 놀랍게도 여와와의 승부에서 승리한 것이다.

"더러운 녀석의 개……."

퍼억.

무섭게 쇄도한 준형의 주먹이 여와의 머리통을 박살냈다.

놀라운 건 그의 주먹에는 아무런 기운이 깃들어 있지 않다는 것이었다.

모든 속성에 면역, 특히 물리 공격은 거의 통하지 않는다고 봐야 하는 여와다.

그런데 준형은 이러한 저항을 무시한 채 육신에 구멍을 내놓는 건 물론 마치 계란을 부수듯 너무도 쉽게 박살을 냈다.

아니, 애초에 현신의 끝에 이른 여와를 상대했다는 것 자체가 말이 안 된다.

"후우. 아직 멀었다."

그런데 전혀 기뻐하는 기색이 없었다. 오히려 한숨을 내쉬며 현재의 성과를 반성한다.

"5분 45초."

조금 전 자신이 달성했던 기록을 되새겼다.

아르미, 아니 그녀를 가장한 여와를 성소로 데려오는 데 걸린 시간이었다.

1등을 기록한 정훈과는 28초의 차이가 있다.

30초도 되지 않는 짧은 시간이었지만, 준형의 입장에선 결코 작은 차이가 아니었다.

그 25초라는 시간이 거대한 벽처럼 다가오는 것을 느꼈다.

'그래도 희망은 있다.'

거대한 벽을 보면서도 좌절하지 않는다.

자신의 몸을 휘감아 도는 그 힘에 아직 적응을 하지 못했기 때문이다.

만약 이 힘을 온전히, 자유자재로 다룰 수만 있다면…….

'그를 잡을 수 있다.'

그의 뇌리로 덤덤한 정훈의 얼굴이 스치고 지나갔다.

모두의 희생을 통해 얻은 힘이다.

그렇기에 실패란 있을 수 없다.

무적을 자랑하는 그를 저지하고 목적을 달성할 것이다. 물론 아직은 부족하다.

그 뜻을 이루기 위해선 수련이 필요했고, 마침 오만의 탑이라는 좋은 무대가 마련된 상태였다.

마지막 층을 오르기 전. 반드시 정훈을 넘어서겠다는 다짐을 하며 포털을 향해 발걸음을 옮겼다.

푸욱.

천상의 기운을 잔뜩 머금은 용광검이 삼황三皇 중 일인인 복희씨伏羲氏의 왼쪽 가슴을 꿰뚫었다.

서걱.

이어서 움직인 엑스칼리번은 고통에 의해 버둥거리는 그의 목을 베었다.

황금 실로 만든 곤룡포는 그가 흘린 피로 인해 붉게 물들었다.

경악으로 치켜뜬 두 눈을 품은 머리가 지면을 구르는 바로 그 순간.

—오만의 탑 10층에 감금된 죄인 복희씨를 살해했습니다.

—축하합니다. 신의 동전, 10을 획득했습니다.

10층의 죄인 복희씨의 죽음과 함께 신의 동전을 획득할 수 있었다.

1층부터 10층까지의 여정.

정훈에게는 그리 험난한 길은 아니었다.

그렇다고 해서 마냥 쉬운 것도 아니었다.

실제로 복희씨를 상대하기 위해 지금껏 힘을 빌리지 않았던 치느님의 버프를 일부분 받아야만 했다.

덕분에 조금은 수월하게 처리할 수 있었지만, 100층 중 이제 고작 10층이라는 점을 감안하면 마냥 안심할 순 없는 노릇이었다.

—휴식의 층으로 통하는 포털이 활성화됐습니다.

그 알림은 상념을 단번에 날려 버리는 것이었다.

10층 다음은 11층이 아니다.

오만의 탑은 조금 특이한 구조인데 10단위의 층 다음에는 항상 휴식의 층이 기다리고 있었다.

굳어 있었던 그의 안색이 그나마 펴졌다.

휴식의 층은 말 그대로 휴식과 보상을 얻을 수 있는 장소.

그렇기에 줄곧 유지하고 있었던 긴장감을 풀어도 상관이 없었다.

조금은 가벼운 마음으로 포털로 들어갔다.

주변 풍경이 바뀐다. 주변이 온통 새하얗게 칠해진 곳.

그곳에는 보따리를 푼 잡상인들이 일렬로 줄을 지어 있었다.

"어이쿠, 손님. 다양한 물건이 있습니다. 보고 가시죠."

"쌉니다, 싸요. 물건만 보고 가셔도 됩니다."

정훈이 나타나는 순간 호객 행위가 시작되었다.

나무 팻말을 아래위로 흔드는가 하면 과장된 몸짓, 큰 목소리로 관심을 끈다.

상점을 지키고 있는 주인들도 가지각색이었다.

녹색 피부에 뾰족한 귀, 날카로운 이빨의 고블린, 안면이 있는 그렘린, 인간의 육신에 고양이 귀와 꼬리를 지닌 묘족猫族 등 다양한 종족이 상점을 지키고 있었다.

휴식의 층은 원할 때까지 안락할 휴식을 즐길 수 있는 곳이기도 하지만 온갖 종류의 물건을 판매하는 상점을 통해 재정비를 할 수 있는 곳이기도 하다.

물론 물건을 사기 위해선 그 대가가 필요하기 마련.

상점을 이용하기 위해선 탑의 동전이 필요하다.

그것은 탑을 오르며 만나는 적대적인 이들을 처치해 얻을 수 있다.

10층을 오르는 동안 얻은 동전은 3,865원. 하나의 상점을 털어버릴 수 있을 정도의 큰 금액이었다.

하지만 정훈은 그 어떤 상점에도 들어가 볼 생각도 없는 듯 무심히 그곳을 지나쳤다.

시선도 주지 않은 채 한참 동안 걸어가던 그의 걸음이 멈춘 건 가장 외곽, 홀로 떨어져 있는 허름한 수레 앞이었다.

다른 상점의 경우엔 간단한 그림과 안내문으로 무엇을 판매하고 있는지 표시를 해 놨는데, 여기엔 그 어떤 표시도 없었다.

"……."

수레의 주인으로 보이는 이, 그는 시크한 듯 무심한 표정으로 무장한 드워프였다.

고작해야 허리까지밖에 오지 않는 작은 신장에 덥수룩한 붉은 수염을 지닌 그는 정훈의 접근에도 그저 멍한 눈으로 허공을 바라볼 뿐이었다.

"물건을 사고……."

"안 팔아."

무심한 듯 서 있던 드워프가 정훈의 말을 끊었다.

"내 물건은 아무나 살 수 있는 게 아냐. 그러니 꺼져."

자신의 할 말을 끝낸 드워프는 다시금 멍한 눈으로 돌아갔다.

명색이 물건을 팔겠다고 상점을 연 주제에 팔지 않겠다고 한다.

안하무인의 태도에 기분이 나쁠 수 있지만, 정훈은 신경 쓰지 않았다. 그럴 것을 미리 알고 있었던 탓이다.

띵.

대답을 대신해 동전 하나를 튕겼다.

낙차가 큰 포물선을 그린 동전은 정확히 드워프의 손바닥 위에 떨어졌다.

"이것은……!"

조금 전까지만 해도 무표정한 드워프의 안면 근육이 요동쳤다.

그의 손바닥에 놓인 건 숫자 1이 새겨져 있는 칠흑의 동전이었다.

"어떻게 신의 동전을?"

놀란 드워프의 시선이 정훈에게 향했다.

"설명이 필요한가?"

그리 말한 정훈은 보관함에서 꺼낸 나머지 동전 9개를 부채처럼 편 상태로 보여 주었다.

"물론 필요 없지."

세상 다 산 것처럼 무표정한 드워프의 얼굴에 화색이 돌았다.

신의 상인 라루프.

사실 그는 저 멀리 펼쳐져 있는 일반적인 상점과 다른, 특별한 상점을 운영하고 있었다.

탑의 동전이 아닌, 신의 동전만으로 교환되는 물품을 판매하고 있었던 것.

얻기가 하늘의 별따기보다 힘든 동전으로 교환하는 것인 만큼 그가 지니고 있는 건 아주 특별한 물품이었다.

"동전을 10개나 지니고 있다니. 내가 귀한 손님을 몰라볼 뻔했군."

조금은 신이 난 얼굴을 한 채로 수레를 뒤지기 시작한다.

잠시 후 여러 가지 물품을 꺼내 앞에 늘어놓은 라루프가 설명을 이어 갔다.

"이것은 신들이 마시는 물, 불사不死. 목숨이 끊어지지 않은 상태라면 그 어떤 상처도 치유하는 굉장한 권능의 물약이지. 이것을 사기 위해서는 신의 동전 1개가 필요하네."

그가 꺼내 놓은 건 하나같이 굉장한 것뿐이었다.

동전 1개로 구입할 수 있는 건 영혼만 떠나지 않았다면 반드시 살려내는 불사의 영약.

동전 2개는 원하는 능력치 하나를 1단계 격상시킬 수 있는 상승의 영약. 단 이 영약은 단 한 번만 복용할 수 있다.

동전 3개는 모든 무구의 숨겨진 힘을 개방하는 각성의 돌.

동전 4개는 불멸부터 태고급까지의 무작위 스킬을 익힐 수 있는 깨달음의 책.

동전 5개는 원하는 특수 능력을 무구에 부여할 수 있는 강화의 돌.

동전 8개는 태고급 스킬 북을 확정적으로 얻을 수 있는 고대의 서적.

마지막 동전 10개는 태초급 소비 용품인 현자의 돌이었다.

일반적으론 절대 획득할 수 없는, 과연 자랑을 늘어놓을 만큼 굉장한 물품이었다.

"자, 무엇을 선택하겠나?"

눈을 반짝인 라루프의 물음에…….

"현자의 돌을 선택하지."

결정은 빨랐다.

사실 이곳에 오기 전부터 생각해 놓은 뒤였다.

"탁월한 선택일세! 현자의 돌은 이곳이 아니면 절대 구할 수 없는 귀중한 것이니 말이야."

과장된 말이 아니다.

라루프의 상점을 이용하는 것을 제외하면 그 어디에서도 현자의 돌을 얻을 수 있는 방법이 없다.

그것은 오르비스의 지식에서도 잘 나와 있었다.

신의 동전 10개를 건네주면서 현자의 돌을 받았다.

손 안에 들어온, 서늘한 기운이 느껴지는 울퉁불퉁한 보라색 현자의 돌을 자세히 확인했다.

현자의 돌

등급 : 태초 **종류 :** 부적

효과 : 때때로 태초 등급의 물약을 제작할 수 있다

설명 : 태초부터 존재하던 불완전하면서도 완전한 물질. 연금술 관련 능력을 상승시켜 제작이 불가능한 대단한 결과물을 만들 수 있게 도와준다.

현재 정훈의 연금술 숙련도는 대가로 더는 올릴 수 없는 상태였다.

하지만 대가의 숙련도에 이른 그도 태고급이 한계지, 태초급의 물약은 제작하는 게 불가능했다.

생산 기술의 한계는 태고급으로 명확하게 정해져 있었다.

하지만 현자의 돌은 불가능을 가능케 만든다.

현자의 돌이 있어야만 태초급의 물약을 제작할 수 있는 것.

라루프가 지닌 물품 중 탐이 나는 게 없었던 게 아니다. 그럼에도 10개를 들여 현자의 돌을 선택한 것은 이러한 이유에서였다.

'태초급의 물약을 제작할 수 있게 된다면 전력이 급상승한다.'

물론 굉장한 효과를 지닌 것인 만큼 그것을 만드는 과정도 복잡하기 그지없다.

하지만 그에게는 오르비스의 지식이 있었다.

현존하는 모든 연금술의 레시피가 머릿속에 있으니 만드는 방법에 대해선 걱정할 필요가 없다.

다만 그것도 낮은 확률이라 반드시 성공한다는 보장은 없지만 말이다.

"흐음. 그나저나 신의 동전을 10개를 모으는 존재가 있을 줄이야. 역사상 처음 있는 일이 아닌가."

턱을 쓰다듬으며 고심에 잠긴 듯한 라루프. 이내 그는 무언가를 결심한 듯 정훈을 똑바로 응시했다.

"자네라면 오랫동안 간직해 온 이 비밀을 들을 자격이 있겠군."

'비밀?'

갑작스러운 그 말은 정훈조차도 예상하지 못한 것이었다.

"이 말을 잘 기억하고 있게나. H."

분명 처음 듣는 언어였지만, 익숙하게 알고 있는 알파벳,

H로 해석되었다.

"H?"

"그래. H. 내가 알려 줄 수 있는 단서는 그것뿐일세. 나머지 힌트는 누구에게 들어야 할지 알고 있으리라 믿네."

의미심장한 그 말에 그의 두뇌가 맹렬하게 회전하기 시작했다.

'다른 신의 상인들을 이야기하는 건가?'

휴식의 층에 기거하고 있는 다른 신의 상인들. 그들을 말하는 것이 틀림없다.

"명심하지."

"하하. 질질 매달리지 않아서 마음에 드는군. 네 녀석이라면 그분의 비밀을 들여다볼 수도 있을지 모르겠어."

둘의 대화는 그것으로 끝이었다.

사실상 별다른 휴식이 필요 없는 정훈이었기에 곧바로 다음 층, 11층으로 통하는 포털에 몸을 실었다.

"자, 거기 손님. 한번 보고 가십시오. 없는 거 빼고는 다 있습니다."

"어차피 살 거면 망설이지 않는 게 정답. 손님 이곳으로 오십쇼."

휴식의 층에 들어선 준형은 적극적인 호객 행위를 하는 상인들을 지나쳤다.

보관함에 잠든 4,520개 탑의 동전은 지금 쓰기 위해 모은 게 아니다.

후에 필요한 것을 사기 위한 종자돈이기에 함부로 쓸 수 없었다.

상인들을 지나쳐 외곽에 홀로 떨어진 상인, 라루프를 찾았다.

무심한 표정의 드워프. 그는 허공을 향한 멍한 눈빛으로 준형을 맞이했다.

"물건을 사려고……."

"안 팔아. 꺼져."

쌀쌀맞기는 매한가지다.

"네 녀석은 내 물건을 살 자격이……."

"있을 것 같군요."

준형이 지금껏 얻은 신의 동전 10개를 보여 주었다.

"이, 이럴 수가!"

놀란 라루프가 눈을 부릅떴다.

"이럴 때가 아니지. 자, 잠깐만 기다려 주게."

오랜만의 손님이다.

라루프는 수레에 실어 놓은 물품을 꺼내 놓기 시작했다.

총 7개의 물품. 그것은 정훈에게 보여 준 것과 똑같았다.

평소의 준형이라면 눈이 돌아갔을 법한 굉장한 물품이었지만, 지금의 그에겐 그리 만족스럽지 못한 것뿐이었다.

"실렌다Silenda."

독백하듯 중얼거린 준형의 그 한마디에 별안간 몸을 떨기 시작하는 라루프였다.

"네, 네 녀석이 어떻게 그것을……?"

"왜인지는 당신이 더 잘 알지 않습니까, 라루프 님."

여유로운 그 표정에서 느끼는 것이 있었던 걸까.

몸을 떠는 것을 멈춘 라루프는 황급히 자신의 품속을 뒤져 붉은 보자기에 싸인 것을 꺼내 놓았다.

"여기 있습니다, 선택받은 이시여."

조금 전까지의 무례한 태도를 버린 라루프는 귀중한 이를 대하는 것처럼 극존칭을 사용했다.

"감사히 받겠습니다."

준형 또한 그 일을 너무도 당연하게 받아들였다.

사삭.

건네받은 보자기를 풀자, 마침내 모습을 드러낸 건 아무런 장식도 되어 있지 않은 금반지였다.

'선택받은 자의 반지.'

비밀의 언어를 알아야만 획득할 수 있는 태초급의 세트 반지.

무려 10개의 세트로 이루어진 이 무구를 모두 모으게 된다면…….

'절대적인 힘을 얻을 수 있다.'

물론 그 과정이 쉽지는 않을 것이다.

하지만 물러설 수 없다.

지금 그의 목숨은 본인의 것만이 아니라 수십억 명의 목숨을 함께 업고 있었기 때문이었다.

퀘스트 : 피리부는 사나이의 역습

내용 : 쥐 일족으로부터 머나먼 왕국을 구한 영웅, 피리 부는 사나이가 모종의 이유로 인해 분노했다. 그의 분노는 자신이 구한 머나먼 왕국으로 향하고 있다. 그를 막지 못한다면 왕국에 있는 모든 이가 몰살당하고 말 것이다.

제한 시간 : 24시간

성공 보상 : 2층의 상자

실패 벌칙 : 소멸

11층 포털로 이동하는 즉시 해당 층에 관한 시나리오 알림이 떴다.

일반적인 경우엔 갑작스러운 알림인 데다가 하루밖에 시간이 없다는 압박감 때문에 허둥지둥했겠지만, 정훈이 누구인가.

이 세계의 모든 법칙을 통달한 인물.

그렇기에 아무런 동요 없이 침착하게 움직일 수 있었다.

'한 놈도 들여보낼 순 없지.'

이번 임무의 중요 사항은 사방에서 공격해 들어오는 쥐 일족으로부터 머나먼 왕국의 성을 보호하는 것이었다.

단순히 그냥 방어하는 것만이라면 무척이나 쉬운 일일 것이다.

하지만 정훈이 해야 할 일은 단순한 방어만이 아니라 동서남북, 모든 방위에서 공격에 들어오는 쥐 일족을 단 1마리도 성벽 안으로 들여보내지 않는 것이었다.

그러나 몸이 하나인 정훈 혼자서는 그 일이 가능할 턱이 없었다.

그렇기에 도움이 될 만한 것을 마련해야 한다. 그런데 그게 지금 당장은 할 수 없다.

현재 그가 머나먼 왕국에서 차지하는 위상이란 게 이방인에 불과했다.

고작해야 이방인의 신분으로는 제한된 행동밖에 할 수 없다.

그렇기에 본인의 위상을 바꿔야 할 필요성이 있었다.

인정을 받는 것.

그 일을 위해선 공적을 쌓아야만 했다.

탓!

지면을 박찬 그의 신형이 저 멀리 거대한 위용을 드러내고 있는 궁전을 향해 나아갔다.

병사 모집 공고.

친애하는 머나먼 왕국의 백성들이여. 오늘 짐은 불행한 소식 하나를 전하고자 하노라. 왕국을 위협하던 쥐 일족을 몰아낸 피리 부는 사나이. 그가 돌연 역심을 품고 왕국을 공격하겠다, 선전포고를 하였노라. 강력한 마력을 지닌 그와 그의 힘에 굴복한 쥐 일족은 왕국의 크나큰 위협이 될 터. 이에 짐은 결단을 내렸다.

백성들이여, 머나먼 왕국에 힘을 보태지 않겠는가. 지금 이 왕국은 그대들의 힘이 절실하다. 누구라도 좋다. 피리 부는 사나이와 쥐 일족의 위협에 맞서기 위해 힘을 빌려다오.

궁의 정문에 붙어 있는 대자보에는 수를 셀 수 없는 군중이 집결해 있었다.

피리 부는 사나이의 위협에 대비해 머나먼 왕국은 특단의 조치를 내렸고, 이에 수많은 병사 지원자들이 모여든 것이다.

"다음!"

병사 지원자들의 간단한 인적 사항을 기록하고 있던 병사가 다음 지원자를 호명했다.

"이름을 대시오."

앞에 선 이를 쳐다보지도 않는다.

워낙 많은 지원자가 몰려든 상태였기에 하나하나 얼굴을 쳐다볼 수도 없이 바빴던 탓이다.

"한정훈."

병사의 앞에 선 사내는 바로 정훈이었다.

벌써 30분 동안 줄을 선 채로 기다렸다.

아까운 시간을 허비한 셈이지만, 그의 얼굴에서 조급함은 찾아볼 수 없었다.

자신감의 발로였다.

어차피 30분 정도는 손해를 보더라도 임무를 완수할 확신이 있었기 때문이다.

"병사 지원자 한정훈. 지금부터 반나절 동안 왕국 주변에 있는 괴물들을 처치하시오. 당신이 처치한 괴물의 강함에 따라 후에 피리 부는 사나이에 맞설 왕국 수비대의 직책이 결정될 것이니. 단, 명심하시오. 반나절이 지나면 그 어떤 괴물을 상대했건 일반 병사의 직책을 받게 될 테니."

이 짧은 순간을 위해 30분을 기다려야만 했다. 물론 불만은 없다.

이제 인적 사항이 기재되었으니 공적을 쌓는 일만 남은 셈이다.

휙 등을 돌린 그가 전력을 다해 지면을 박찼다.

콰앙!

도약을 위한 굴림이라곤 생각할 수 없는 크레이터가 지면에 새겨졌다.

물론 폭음이 들린 그 순간 정훈의 신형은 그 어디에서도 찾아볼 수 없었다.

"괴, 괴물…….”

조금 전까지 그의 인적 사항을 기록하고 있었던 병사는 물론 주변의 모든 병사 지원자들이 눈을 동그랗게 뜬 채 그 흔적을 바라보고 있었다.

쉬쉬쉭.

도약할 때마다 주변 풍경이 바뀐다.

공간을 이동하는 것처럼 빠른 속도로 이동하는 정훈은 서쪽을 향해 일직선으로 내달리는 중이었다.

"캬륵!"

"캬캭!"

머나먼 왕국의 성벽 너머는 온갖 괴물들이 널려 있는 위험지역. 하지만 정훈의 그 미친 이동속도를 따라잡을 존재가 있을 턱이 없었다.

요란한 괴성만이 끝이었다. 강력한 괴물들을 뒤로한 채 달리고, 달리고 또 달렸다.

그렇게 10분 동안 달리기만 했다.

어떻게 보자면 고작 10분에 불과한 시간이나 그의 속도를 생각한다면 왕국에서 꽤나 먼 곳까지 이동했음을 알 수 있다.

마침내 그 자리에 멈춰 선 정훈이 주변을 살펴봤다.

울창한 삼림이 뒤덮고 있는 곳. 햇빛마저 차단된 숲은 어둠과 정적만으로 가득해 기묘한 분위기를 자아내고 있었다.

'제대로 찾아왔군.'

만족감에 고개를 끄덕인다.

정훈의 유일한 약점이라 한다면 길치라는 것.

하지만 오르비스의 지식을 통해 그 약점을 완전히 극복하는 게 가능했다.

바로 정면. 그곳에 거대한 동굴의 입구가 보인다.

자연적으로 만들어진 동굴이라고 볼 수 없는 게 호랑이의 머리 모양을 닮은 입구가 범상치 않다.

'서쪽의 수호신. 칼산.'

정훈의 공적이 될 괴물이 살고 있는 곳이었다.

머나먼 왕국을 중심으로 해서 동서남북의 방위 끝을 지키고 있는 사방신四方神. 그중 칼산은 서쪽 영역을 지배하고 있는 지배자였다.

공적을 쌓아 오를 수 있는 최종 위치는 수비대의 대장이다.

물론 그 위치를 따내는 게 쉬울 턱이 없었다.

일반적으로 대장 자리는 내정되어 있다, 머나먼 왕국의 기사 단장 놀른이 그 주인공이었다.

이미 내정된 자리를 빼앗을 수 있는 유일한 방법. 그것이 바로 사방신을 제거하는 것이었다.

'게다가 필요한 것도 있고.'

물론 공적을 쌓는 것 이외에도 다른 부과적인 목적도 있었다.

그의 계획을 실행하기 위해선 사방신 제거는 필수였다. 그렇기에 거침없이 동굴을 향해 나아갔다.

"크허헝!"

장내를 쩌렁하게 울리는 포효와 함께 등장한 건 하얀 털에 검은 줄무늬를 지닌 백호 3마리였다.

일반적으로 생각할 수 있는 호랑이의 덩치보다 족히 배는 되어 보이는 위용을 뽐내고 있다.

칼산의 보금자리를 지키는 녀석의 자식들이었다.

쉬익.

포효를 터뜨리는가 싶더니 어느새 접근해 앞발을 휘두른다.

감히 맞설 생각을 하지 못한 정훈이 한 걸음 물러서며 앞발 공격을 피했다.

'녀석의 속성은 금金. 모든 것을 잘라낸다.'

오르비스의 지식 속에 있는 정보를 되뇌었다.

칼산이 지닌 속성은 모든 것을 베어 내는 금이다. 물론 그의 자식들 또한 같은 속성을 타고났기에 정면 충돌은 금물이었다.

아무리 태초급의 무구라 해도 녀석들과 지속적으로 부딪치게 된다면 이가 빠지는 건 물론, 종내에는 두 동강 나고 말 것이다.

칼산과 그의 자식들을 상대하기 가장 좋은 방법은 회피였다.

그 정석을 보여 주기 위한 것일까.

폭풍처럼 몰아치는 백호 3마리의 거센 공격을 날렵한 몸놀림으로 회피했다.

칼산의 자식들이 지닌 능력은 현신의 3단계. 그것도 세 마리의 합공이었다.

빠져나갈 수 없을 것만 같은 공격에도 미꾸라지처럼, 마치 유명처럼 그 사이사이를 잘만 빠져 나갔다.

'틈!'

마치 섬광이 지나간 것처럼 정훈의 눈동자가 번뜩였다.

푹.

화의 기운을 잔뜩 머금은 용광검이 백호의 턱을 관통해 머리를 뚫고 나왔다.

금의 상극이 되는 속성이 바로 화다.

웬만해선 상처도 주기 힘든 백호의 단단한 몸뚱이를 뚫을 수 있었던 것도 속성의 상극 관계가 끼친 영향이 컸다.

털썩.

비명도 지르지 못한 채 절명한 1마리를 시작으로 연이어 2마리가 쓰러졌다.

칼산도 아닌 녀석의 자식들이 덤빈다 한들 정훈의 상대가 될 턱이 없었다.

'하지만 시간을 끌 순 있지.'

애초에 칼산에 도전하려는 이 정도 되면 자식들을 처리하는 건 시간문제에 불과하다.

그래, 그 시간이라는 게 문제다.

현재 정훈은 반나절이라는 시간제한의 압박을 받고 있다.

아무리 상대가 되지 않는다 해도 모든 것을 베어 버리는 속성의 괴물들을 상대하는 게 그리 호락호락하진 않다.

더욱이 동굴은 길다. 칼산으로 가는 길이 지체될 수밖에 없는 것.

"치느님!"

"삐익!"

정훈의 소환에 응답한 치느님이 날개를 활짝 펼친 채 화답했다.

화르륵.

정훈의 손, 아니 정확히는 그가 쥔 용광검에서부터 피처럼 붉은 불꽃이 일어나기 시작했다.

불꽃의 온도는 그 색으로 구분할 수 있다.

하지만 지금 정훈이 일으킨 불꽃은 색깔이나 온도의 한계를 넘은 상태.

그야말로 극열이라 부를 수 있을 만한 것이었다.

"흐읍!"

전력을 다한 듯 힘찬 기합성과 함께 용광검을 휘둘렀다.

콰콰콰콰콰.

마치 파도가 몰아치는 것처럼 불꽃의 파도가 그의 손을 떠나 동굴을 향해 매섭게 쇄도했다.

'증폭!'

치느님을 향해 의지를 하달했다.

"삐이익!"

화답하듯 힘차게 울음을 터뜨린 치느님. 그와 함께 불꽃의 파도에 변화가 일어났다.

고오오오.

조금 전에도 대단하다 할 만한 기운이었다. 하지만 지금과 비교하면 대단하다는 말이 우스울 정도다.

핏빛으로 물든 혈화血火의 파도가 주변에 닿는 모든 것을 소거시키며 나아갔다.

아틀라스의 수많은 무구를 먹고 성장을 거듭한 치느님의 새로운 능력 중 하나인 증폭이 더해진 것이다.

모든 스킬의 능력을 증폭시키는 대단한 권능.

더욱 강력해진 혈화의 파도가 동굴을 덮쳤다.

"크허허헝!"

천지를 깨우는 포효가 울려 퍼졌다.

콰콰쾅!

동굴이 무너지기 시작했다.

정훈이 일으킨 화염의 권능 때문이 아니다.

동굴 깊숙한 곳에서부터 나온 무언가가 자행하고 있는 일.

쐐애액.

무너지고 있는 동굴에서부터 뻗어 나온 반월형의 기운이 쇄도했다.

심상치 않은 기운을 읽은 정훈이 얼른 그곳에서 벗어났지만…….

스윽.

오우관의 한쪽 면이 잘려 나갔다.

내구성에 관해서는 최강이라 불리어도 손색이 없는 태초급 무구가 잘려져 나간 것이다.

'역시 장난이 아니네.'

과연 자식들과는 다른, 절대적인 금의 속성을 지닌 존재.

크르르.

정훈의 앞에는 서릿발과도 같이 서늘한 기운에 휩싸인 거대한 백호, 칼산이 존재감을 뽐내고 있었다.

'이거 예상보다 좀 더 강한 것 같은데.'

태초급 무구 오우관이 손상되었다. 아니, 그건 큰 문제가 아니다.

분명 피했다고 생각했는데, 그 범위를 인지하지 못했다.

그렇다는 건 오르비스의 지식에 상정된 것보다 칼산의 능력이 더 강력하다는 것을 뜻하는 것.

'예상이 빗나갔다.'

지금껏 단 한 번도 예상을 빗나간 적이 없었건만, 이 당황스러운 사태에 정훈 또한 당황을 금할 수 없었다.

크헝!

일거에 쓸려 나간 자식들의 죽음에 분노는 극에 달한 상태.

그 어느 때보다 사나운 몸놀림으로 튀어 오른 칼산이 정훈에게 짓쳐들었다.

Chapter 8

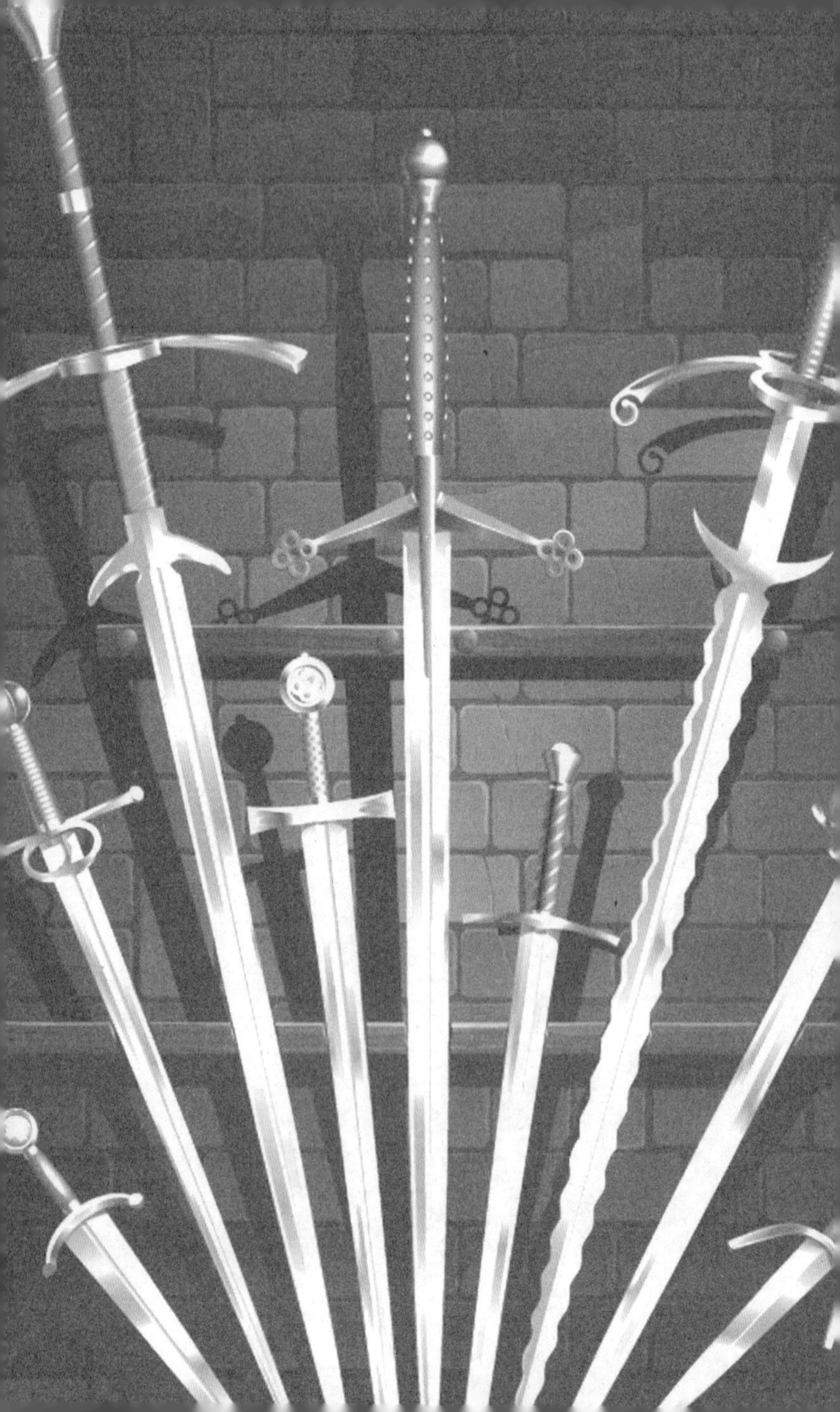

스스스슥.

칼산의 앞발이 요란하게 움직이는 순간 사방을 옥죄어 오는 반월형의 기운, 강력한 금의 기운이 응집된 궤적이 사방을 장식했다.

틈?

그런 건 존재하지 않았다. 사각형의 감옥은 정훈의 주변을 빈틈없이 감쌌다.

"삐이익!"

천안을 통해 적의 움직임을 예측하고 있었던 정훈은 미리 치느님의 권능을 통해 그곳을 벗어난 뒤였다.

무엇이든 베는 기운이라 해도 공간을 통째로 벨 수는 없었기 때문이다.

"큭!"

전신에 피어오르는 고통.

분명 공간을 넘어 위기를 넘겼다고 생각했건만 그것은 착각이었다.

온몸이 피투성이였다.

칼산의 기운이 공간 너머에 있는 그에게도 피해를 준 것이다.

다행히 깊은 상처는 없었지만, 오랜만에 등줄기가 서늘한 느낌이었다.

'단순한 물리적인 힘만이 아니란 건가.'

또다시 녀석의 의외성이 드러나는 순간이었다.

오르비스의 지식은 칼산의 힘을 단순한 물리적인 것으로 규정했다.

부딪치지 않고, 회피한다면 막을 수 있는 것이라 설명했는데, 이게 웬걸. 모든 예상을 빗나가는 힘을 보여 주고 있었다.

'예상을 빗나가는 상대라면 그에 맞는 대우를 해 줘야겠지.'

칼산에 대한 놀람은 그것이 전부였다.

당황, 그런 건 정훈에게 어울리지 않는다. 설사 목에 칼이 들어온다 해도 냉정함을 유지할 수 있는 게 그였다.

"소생의 기적."

찬란하고 따스한 빛이 정훈을 감싼 그 순간 난도질당했던 육신이 멀쩡한 모습으로 돌아왔다.
"삐익!"
동시에 높은 창공을 자유롭게 노닐던 치느님이 권능을 발휘했다.
하늘에서 떨어진 색색의 가루가 정훈의 몸에 닿았고, 그것은 곧 그의 기운으로 화했다.
무구의 흡수로 한층 진보한 치느님의 각종 버프는 정훈의 능력을 한계 이상으로 끌어내어 주었다.
커흐헝!
칼산의 포효는 단순한 울음이 아니다. 파동을 내뿜어 상대의 움직임을 제한하는 능력이 있었던 것.
조금 전까지 정훈은 그 미세한 차이로 인해 타이밍을 빼앗겨야만 했지만, 지금은 달랐다.
"합!"
기합은 기합으로 상쇄시킨다.
사자후獅子吼. 모든 적대적인 존재에게 위압감을 심어 주어 동작을 굼뜨게 만드는 그의 권능이 발현되었다.
"크르!"
한층 능력이 향상된 그의 사자후에 서쪽의 지배자가 움츠렸다. 반대로 정훈 쪽에서 타이밍을 빼앗은 것이다.
"일점一點."
용광검의 속성 중 화의 기운을 축약시키고 또 축약시켜 작은 점의 형태로 쏘아 보냈다.

피잉!

비록 작은 점에 불과하나 그 위력은 뚫지 못할 게 없는 절대적인 힘. 적어도 정훈은 그렇게 생각했다.

칵.

하지만 그 확신은 지금 이 순간 무너질 수밖에 없었다.

현신의 끝, 그것도 치느님의 버프를 받은 상태에서의 전력이었다.

하지만 붉게 별한 점은 칼산의 몸뚱이를 뚫지 못했다.

하얗게 서린 기운을 뚫지 못한 채 거친 쇳소리를 낼 뿐이었다.

"크와!"

공격을 허용한 것에 분노한 칼산이 예의 그 날카로운 발톱 공격의 공세를 펼쳤다.

사방을 수놓는 금의 기운을 본 순간 정훈은 주저하지 않았다.

손에 쥔 검을 보관함에 집어넣은 후 태극권을 펼쳐 특유의 유한 기운을 일으켰다.

스륵.

아무리 모든 것을 베어내는 절대의 기운이라 해도 절대의 방어 능력을 지닌 태극권을 뚫는 건 불가능한 일이었다.

'하지만 언제까지 소모전을 펼칠 순 없다.'

당장의 위기를 넘겼으나 임시방편에 불과했다.

전력을 다한 화 속성의 공격이 먹혀들지 않는 순간 직감할 수 있었다.

칼산이 주위에 두른 저 금의 기운은 지금의 힘으로 결코 뚫을 수 없다는 것을.

즉 녀석은 무적의 보호막을 몸에 두르고 있는 셈이다.

그것을 어떻게 뚫어야 하는가. 태극권을 펼쳐 내는 와중에도 그의 두뇌는 맹렬한 속도로 돌아갔다.

'답은 하나뿐.'

그 위급한 상황 중에서도 유일한 하나의 길을 찾을 수 있었다.

이어지는 칼산의 공격을 무위로 돌린 다음 보관함에서 꺼낸 물약을 칼산의 공격 시기에 맞춰 집어 던졌다.

챙그랑.

칼산이 일으킨 기운에 의해 물약 병은 산산조각 났고, 거기서 나온 투명한 액체는 기화되어 정훈의 코로 흡수되었다.

일련의 사태가 일어난 건 태초급의 물약인 '복제의 영약'이 일으킨 것이었다.

아틀란티스에서 얻은 이 물약의 능력은 상대의 능력을 복제해 일시적으로 사용할 수 있게 만든다.

정훈이 노린 건 칼산이 지닌 금의 기운. 모든 것을 베어 내는 그 막강한 공격력이었다.

"흐읍!"

폭발적인 스피드로 칼산을 자신의 간극 안에 넣었다.

"크허헝!"

먹이가 제 발로 뛰어들었을 뿐이다. 칼산의 앞발이 난도질하듯 정훈을 그었다.

카캉.

정훈의 쌍검에는 칼산의 것과 같은 금의 속성이 깃들어 있었다.

뭐든지 뚫을 수 있는 창과 창이 만나면 어떻게 될까. 일전에 창과 방패의 대결처럼 상쇄라는 결론에 도달하게 된다.

"이제 끝났어."

드디어 칼산의 공격을 방어할 수 있게 된 정훈이 중얼거렸다.

공격을 상쇄시켰을 때부터 확신했다. 무적과도 같은 녀석의 방어를 이 금의 기운이 뚫게 해 줄 거라고.

그렇기에 더욱 집중할 수밖에 없었다.

온몸의 근육, 신경 하나하나를 손에 쥔 쌍검에 집중했다.

그 순간 그는 새로운 경험을 맛봐야만 했다.

'검이 나인가. 아니면 내가 검인가.'

거대한 의문. 하지만 그 의문은 아주 잠깐에 불과했다.

내 몸은 검이다. 스킬로서 강제로 깨닫는 게 아닌, 진정한 의미의 신검합일身劍合一을 이룬 것이다.

마음의 검, 심검의 공부가 발판이 되어 마침내 새로운 경지로 나아갈 수 있었다.

웅웅.

의지가 없는 무생물에 불과한 용광검과 엑스칼리번이 기쁨을 표현하듯 검명을 토해 냈다.

지금 이 순간 정훈과 두 검의 의지는 하나로 합쳐졌다.

촤악!

그 어느 때보다 간결한 횡 베기. 단순한 그 동작에 깃든 잠재력은 지금까지와는 비교도 할 수 없는 것이었다.

그 증거로 무적의 방어를 자랑하던 칼산의 몸뚱이가 양단된 채 지면에 허물어지고 있었다.

–사방신 중 서쪽의 지배자 백호 칼산이 쓰러졌습니다.

–모두가 당신의 업적에 경외심을 표합니다. 공적치가 100 상승합니다.

–칼산의 가죽을 획득했습니다.

마침내 칼산이 쓰러졌다. 힘들게 쓰러뜨린 적인만큼 높은 공적치를 획득할 수 있었지만, 획득 아이템은 별거 없었다.

고정 아이템인 칼산의 가죽을 제외하면 별달리 획득할 만한 게 없었던 것. 하지만 정훈은 실망하지 않았다.

'이건 본래의 정보와 동일하네.'

그가 알고 있는 정보에도 칼산을 처치해 얻을 수 있는 건 녀석의 가죽이 유일했으니 말이다.

"그나저나 이거 예상 밖의 고전인데……."

그 자리에 털썩 주저앉은 정훈은 지금의 일전을 떠올렸다.

고작해야 11층에 등장하는 괴물 중 하나일 뿐이다.

탑에 감금된 죄인도 아닌 주제에 왜 이렇게 강력하단 말인가.

누군가 일부러 난이도를 조정해 놓은 듯한 느낌을 지울 수 없었다.

'위대한 계획에 손을 댈 만한 존재라면…….'

떠올릴 수 있는 건 창조신 플라스마가 유일했다.

애초에 다른 신들이라고 해 봐야 입문자들과 마찬가지로 참가자의 입장일 뿐, 그 어떤 권한을 행사할 수 없기 때문이다.

창조주 플라스마. 그의 이름을 떠올리는 순간 불안감을 느낄 수밖에 없었다.

'이제 와서 난이도를 변경하다니……. 설마 계획을 눈치 챈 건가?'

늘 의심은 하고 있었다.

전지전능한 존재가 오르비스와 자신의 계획을 눈치 채고 있을지도 모른다고.

어쩌면 난이도를 변경하는 것으로 그러한 티를 내고 있는 것인지도 모른다.

'하지만 한 번 실행된 계획은 그도 멈출 수 없다.'

오르비스의 지식은 확실히 말하고 있었다. 한 번 실행된 위대한 계획은 창조주인 그도 멈추는 게 불가능하다고.

그렇기에 불안감을 느끼는 한편 어느 정도는 안심할 수 있었다.

결국, 손댈 수 있는 건 난이도 정도를 올리는 것이다.

게다가 그것도 제한된 범위 내에서나 가능하다는 사실.

능력치는 현신의 10단계가 끝. 그리고 몇 가지 추가 능력을 부여하는 게 전부다.

지금 상대한 칼산이 그 대표적인 예라 할 수 있다.

기존 정보에 의하면 현신의 5단계 정도의 능력을 지니고 있어야 하나 그 몸놀림을 봤을 때 동일한 10단계, 그리고 특수한 몇 가지 능력을 사용했다.

'한 가지 확실한 건 녀석들이 살아남기는 글렀다는 거겠지.'

난이도 상승을 떠올리던 그의 뇌리로 준형을 비롯한 신살의 얼굴이 스치고 지나갔다.

바뀐 난이도는 그에게만이 아니라 모든 입문자들에게 적용된다.

그렇다는 건 이 살인적인 난이도를 모두가 겪고 있다는 것.

아무리 그간 성장을 거듭했다곤 하나 이 정도의 난이도라면 그 누구도 살아남지 못할 터였다.

'결국, 이렇게 될 거였어.'

어느 정도는 짐작하고 있었다.

이 모든 짐을 혼자서 짊어져야 한다는 것을 말이다.

예상하고 있었던 터라 동요도 적었다. 아니, 감정의 동요는 전무했다.

다만 할 일을 할 뿐이다.

뜻밖의 고전으로 소모한 체력, 그리고 마력을 채우기 보관함에 채워 둔 음식을 꺼냈다.

곧 온갖 희귀한 재료로 만든 진수성찬이 마련되었다.

요리 숙련도가 대가에 이른 그의 음식은 맛은 물론 지친 육신과 마력을 빠르게 차오르게 하는 효과를 자랑한다.

허기를 달램과 동시에 소모된 힘을 재충전하는 것. 그 목적을 위한 식사는 빠르게 이루어지고 있었다.

"크허헝!"

동굴을 파괴하며 나타난 칼산이 숲을 진동케 하는 거친 포효를 터뜨렸다.

자식들의 죽음을 지켜본 칼산은 매우 분노한 상태였다.

그 분노는 곧 공격적인 행위로 표출되었다.

요란하게 움직이는 앞발에서부터 생겨난 궤적이 천지 사방을 가득 채웠다.

웬만한 이라면 죽음을 맞이할 수밖에 없는, 빈틈이라곤 찾아볼 수 없는 강력한 공격이었다.

하지만 그것을 바라보는 사내, 준형은 줄곧 담담한 신색을 유지하고 있었다.

지이잉.

오른손 약지에 낀 황금 반지가 가늘게 진동하며 찬란한 황금빛 기운을 발산하기 시작했다.

그리고 그것을 신호로 준형이 움직였다.

"합!"

터져 나오는 기합성. 그리고 이루어진 정권 찌르기는 주변에 존재하는 금의 기운을 모조리 걷어냈다.

퍼억.

"케헹!"

그뿐만이 아니라 칼산의 몸뚱이에 그대로 적중하며 혀 빼무는 소리를 내게 만들었다.

모든 것을 베어 내는 금의 기운을 맨손으로 파훼한 것으로도 모자라 무적의 방어 너머로 충격을 전한 것이다. 아니, 그건 단순히 충격을 준 게 아니었다.

퍼엉!

쓰러져 꿈틀대던 칼산의 육신이 터지며 그 조각이 사방으로 비상했다.

일격. 고작 일격에 강력한 괴물 칼산을 죽인 것이다.

"으웩!"

정작 제대로 된 공격 한 번 당하지 않은 준형이 피를 게워냈다.

그런데 쏟아져 나오는 건 붉은 게 아닌 옅은 황금 색채를 띠고 있었다.

"후욱, 후욱. 역시, 너무 무리였나."

칼산을 쓰러뜨린 준형의 얼굴에는 승리의 기쁨보다는 씁쓸함만이 가득했다.

"하지만 이제 멈출 수 없다."

굴러가기 시작한 기차를 멈출 수 있는 방법이 없다.

그 종착역이 어디인지는 결국, 끝에 가야만 알 수 있을 것.

비칠비칠 걸어가는 준형의 어깨가 어쩐지 더 축 늘어져 보이는 건 비단 착각만은 아닐 것이다.

서쪽의 칼산을 시작으로 동쪽의 청룡 룬바, 북쪽의 현무 자이곤을 쓰러뜨린 정훈은 잠깐의 휴식을 취한 후 남쪽을 향해 빠르게 내달리고 있었다.

'역시 만만치 않아.'

조금 전의 일전을 떠올린 정훈이 고개를 저었다.

어쩌면 칼산만 특별한 게 아닐까.

그렇게도 생각했었지만, 막상 상대해 본 룬바와 자이곤은 칼산과 마찬가지로 강력한 힘을 지니고 있었다.

사방신 중 가장 강력한 힘을 지니고 있었던 청룡 룬바는 의외로 정훈에게는 가장 쉬운 상대였다.

녀석은 생명을 관장하는 목 속성의 괴물.

숨겨진 여의주를 찾아 파괴하지 않는 이상 계속해서 부활하는 특수한 속성이 추가된 상태였다.

하지만 정훈에게는 살인자 언령이 있었다.

불사의 능력이건 뭐건 그의 손에서 죽음이 이뤄진 이상 부활이란 존재할 수 없었다.

문제는 자이곤이었다. 북쪽 해안가에서 섬의 행세를 하고 있던 이 거대한 거북이의 속성은 수水. 그 능력은 엄청난 재생의 힘이었다.

몸에 아주 작은 상처라도 생기는 순간 재생의 권능이 발휘되어 치료해 버렸다.

회복을 못 하게 하려면 일격에 죽여야만 했다.

하지만 하나의 섬을 연상케 할 정도로 거대한 덩치를 지닌 녀석을 일격에 죽이는 건 아무리 정훈이라도 힘든 일일 수밖에 없었다.

한참 동안 실랑이를 벌이던 그는 태초급의 물약, 저주의 영약을 복용해 자이곤의 재생 능력을 더디게 만들었고, 치느님의 증폭 등을 통한 위력 증가로 쓰러뜨리는 데 성공할 수 있었다.

룬바를 죽여 청룡의 비늘, 자이곤을 쓰러뜨려 녀석의 등껍질을 얻는 데 성공한 그는 이제 마지막 사방신인 주작 탈란드라를 없애기 위해 열화의 사막을 건너는 중이었다.

작렬하는 태양과 부서지는 모래가 만나 고열의 지대를 완성했다.

그 더위는 누구라도 지치게 만드는 기이한 힘을 지니고 있었지만, 정훈에게는 해당되지 않는 사항이었다.

태고급의 물약 서늘한 겨울의 비약을 통해 서늘한 체온을 유지할 수 있었던 것.

열기를 전혀 느끼지 않는 여유로운 상태에서 사막의 곳곳을 뒤지고 다녔다.

그 이유야 주작 탈란드라를 찾기 위함이었다.

특이하게도 녀석은 정해진 곳이 아닌 초열의 사막 어딘가, 무작위의 장소에서 등장하기 때문이다.

'게다가 조그만 알의 상태라 찾기도 힘들단 말이지.'

멀리서 봐도 한 눈에 보이는 다른 사방신들과 달리 탈란드라는 기껏해야 타조 알 정도의 크기로 숨어 있다.

이 넓고도 넓은 사막 어딘가에 있는 알을 찾는 것. 그것은 아무리 정훈의 능력이 대단하다 해도 쉽게 찾을 수 있는 게 아니었다.

한참 동안 사막을 뒤지고 다녔으나 탈란드라의 알을 찾을 수 없었다.

'별수 없나.'

웬만하면 그냥 찾아보고 싶었지만, 이제 주어진 시간의 여유가 많지 않다.

어떤 변수가 생길지 알 수 없는 지금, 언제까지 여유를 부릴 수는 없었다.

보관함을 열어 검은색에 가까운 짙은 푸른색을 지닌 물약을 꺼냈다.

짧게 그것을 바라보던 정훈은 이내 그것을 기울여 입속으로 털어 넣었다.

"크으!"

그 색깔이 증명하는 것처럼 맛이 썩 좋진 않다. 아니, 마치 독약을 들이키는 듯한 불쾌감이 그의 전신을 지배했다.

부우욱.

물약을 들이킨 지 얼마 지나지 않아 변화가 일어났다.

정훈의 피부가 바람을 불어넣은 풍선처럼 부풀어 올랐다. 평소보다 몇십 배는 부풀어 오른 덩치가 되었을 때.

투웅.

마치 공을 튕겨 내는 듯한 소리와 함께 그의 육신 중 일부가 떨어져 나갔다. 아니, 떨어져 나간 건 육신의 일부가 아니라 정훈 그 자체였다.

놀랍게도 평소 정훈의 모습을 한 분신이 생겨난 것이다.

투웅투웅.

그것도 한 번이 아니었다. 엄청난 속도로 생겨나기 시작한 정훈의 분신은 곧 수만으로 불어났다.

거울의 영약. 조금 전 정훈이 마신 태초급 물약의 명칭이었다.

이것을 마시면 원하는 숫자만큼의 분신을 만들어 낼 수 있다.

하지만 일반적으로 생각하는 허상일 뿐인 분신과 달리 하나하나에 자의식이 있으며 그 힘 또한 평상시의 20퍼센트를 지니고 있는 정도.

"탈란드라의 알을 찾자."

"뭐하고 있어? 어서 움직여!"

본체란 게 따로 존재하지 않는다. 각자 서로에게 의지를 전달하며 몸을 날리는 것이다.

아무리 사막이 넓다 한들 수만의 분신이 이잡듯 뒤지고 다니는 데 찾지 못할 턱이 없다.

"찾았다!"

12,763번째로 탄생한 분신이 모래에 반쯤 뒤덮인 붉은 반점의 알을 찾아내었다.

"흐읍!"

그 순간 사막을 뒤덮고 있던 분신이 모두 사라졌다. 의지를 품으면 언제든지 분신을 없애고, 본래의 힘을 되찾을 수 있는 것.

'알을 부화하기 위해선 막강한 불의 힘이 필요하다.'

탈란드라의 부화 방법을 되뇌었다.

알 상태의 녀석은 그저 평범한 알에 불과하다.

강력한 불의 힘을 받아야 온전한 상태로 깨어나게 되는데 그것도 모른 채 괜한 공격을 했다간 허무하게 바스러지는 알을 볼 수 있을 뿐이다.

화르륵.

용광검이 불꽃에 휩싸인다. 하지만 이내 고개를 젓는다.

'난이도가 오르지 않은 상태라면 이 정도로도 충분하겠지만…….'

왠지 안심이 되지 않는다.

기회는 한 번에 불과하다.

만약 이대로 알을 부화시키지 못한다면 그것으로 끝.

탈란드라의 알이 다시 생성되는 꼬박 하루를 기다려야만 한다.

애석하게도 하루를 기다릴 순 없다. 정훈에게 주어진 시간은 2시간에 불과하기 때문이다.

단번에 알을 부화시키지 못한다는 건 곧 그의 계획이 실패했음을 뜻하는 것이나 다름없었다.

'아주 적은 가능성도 배제할 순 없다.'

확실한 한 방이 필요했다.

"치느님!"

"삐액!"

정훈의 부름에 버프로 화답한다.

온몸을 휘감아 도는 활력을 느끼는 순간 태양을 담은 듯한 빛깔의 물약을 그대로 들이켰다.

"크으, 제길!"

절로 욕설이 튀어 나왔다.

불덩이를 집어 삼킨 것처럼 타들어 가는 고통이 찾아왔기 때문이다.

그도 그럴 게 태양의 영약은 강력한 화 속성을 부여하는 태초급의 물약.

불덩이를 삼킨 듯한 고통은 착각만은 아니었다.

콰콰콰콰콰.

과연 효과는 확실한지 용광검에 부여된 불꽃이 그 열기를 더했다.

지금껏 한 번도 본 적 없는 열기는 세상 모든 것을 다 태워 버릴 정도로 강력한 것이었다.

그제야 만족감에 고개를 주억거린다.

이 정도 화력이라면 제 아무리 난이도가 상승한 상태라 한들 단번에 주작을 깨울 것이다.

그리 확신한 그는 전력을 개방한 채로 용광검을 휘둘렀다.

쩌저적.

그 엄청난 불꽃을 받은 순간 변화가 생겨났다.

균열이 일기 시작한다. 그것을 탈란드라의 탄생을 알리는 신호와 같은 것.

파삭.

붉은색의 무언가가 알에서 튀어나와 공중으로 날아올랐다.

처음에는 알과 같이 작은 크기에 불과했으나 태양빛을 흡수하는 것처럼 점점 그 덩치를 불려 갔다.

"삐이이익!"

피리를 부는 듯한 날카로운 울음이 사막에 울려 퍼지고, 마침내 그 당당한 위용을 드러냈다.

언뜻 보기엔 거대한 새로 보이나 하나하나 뜯어 보면 굉장히 많은 짐승의 일부분을 엿볼 수 있다.

닭의 머리, 뱀의 목, 제비의 턱, 거북이의 등, 물고기의 꼬리로 이어지는 그 특이한 생김새는 주작 탈란드라를 상징하는 것이었다.

휘오오오.

그 거대한 날개를 펄럭이자 모래사막에 열풍의 소용돌이가 생성되었다.

물론 정훈은 이미 그곳에서 몸을 빼낸 뒤였다.

'한 번 불이 붙으면 끝이다.'

다른 건 몰라도 그것 하나는 잘 알고 있었다.

주작이 일으킨 불꽃은 발화재가 된 것을 완전히 태워 버리기 전까진 결코 꺼지지 않는다.

사람도 무구도 예외는 아니다.

자칫 잘못하면 녀석의 공격으로 인해 모든 것을 잃을 수도 있다.

지금 정훈은 그 어느 때보다 집중하고 있었다.

저 불꽃은 지금까지 이룩한 모든 것을 태워 버리는 재앙이 될 수도 있으니 말이다.

'속전속결.'

언제까지 위험한 상황 속에 노출된 순 없는 노릇.

보관함에서 꺼낸 겨울을 담은 눈꽃의 비약을 바닥에 집어 던졌다.

챙그랑.

유리병이 깨어지며 안의 내용물이 모래에 닿는 순간…….

쩌저저저적.

세상이 온통 하얗게 물들었다.

초열을 간직한 사막이 얼어붙는 기적과도 같은 광경이 펼쳐졌다.

주작은 아주 강력한 화속성을 지닌 괴물.

그렇기에 아예 주변을 얼어붙은 세상으로 만들어 속성을 약하게 만든 것이다.

과연 효과가 있는지 주작의 몸에 붙은 불꽃의 세기가 점차 줄어들기 시작했다.

하지만 그것도 잠시다.

저 강력한 불꽃의 괴물은 곧 이 얼어붙은 세상을 불지옥으로 만들 테니 말이다.

그의 손에서 줄줄이 딸려 나온 건 조금 전 사용한 눈꽃의 비약이었다.

태초급도 아닌 태고급은 정훈에게 그리 부담이 되지 않는 소모품이었다.

챠챠챵.

그의 손짓에 따라 냉기의 돌풍이 몰아닥쳤다.

땅, 하늘, 공간에 구애받지 않은 냉기의 공간이 완성되어 간다.

냉기가 거세질수록 탈란드라의 힘은 약화되어 갔다.

"삐이이!"

발악하듯 불꽃을 일으켜 정훈을, 그리고 냉기의 세계를 녹이려고 노력했으나 그의 보관함에 있는 눈꽃의 비약만 해도 수백 개다.

녹아내리는 곳을 향해 어김없이 비약이 날아왔고, 다시 얼어붙은 세계가 복원되었다.

이 불리한 상황을 역전하기 위해선 큰 거 한 방이 필요하다.

그것을 느낀 탈란드라가 날개를 펄럭이며 하늘로 솟구쳤다.

'온다.'

탈란드라의 변화를 지켜본 정훈은 드디어 때가 도래했음을 느꼈다.

불꽃에서 태어나 불꽃으로 몸체가 이루어진 주작은 사실상 죽이는 게 불가능하다.

애초에 죽지를 않으니 정훈의 살인자 언령도 소용이 없는 것.

하지만 아예 방법이 없는 건 아니다. 탈란드라를 이루고 있는 불꽃이 거의 다 빠져나가는 순간을 노리면 된다.

콰아아아.

사선으로 활강한 탈란드라가 쩍 벌린 부리에서부터 강력한 화염의 입김을 불어 넣었다.

기껏 유지하고 있었던 냉기의 세계가 그 입김 한 방으로 인해 다시금 초열지옥으로 변했다.

물론 정훈은 치느님의 권능을 통해 이미 그곳에서 발을 뺀 뒤였다.

"지금!"

천안을 통해 엿 본 미래.

그는 적절한 타이밍에 의지를 전달했다.

슈슉.

곧 그의 몸이 공간을 넘어 초열지옥으로 돌아갔다.

예상한 지점에 탈란드라가 있었다.

그런데 주변을 감싸고 있던 불의 기운이 옅다.

자세히 보지 않으면 그 기운을 느낄 수 없을 정도로 미약한 수준.

스팟.

물의 기운을 잔뜩 응축시킨 용광검이 주작의 몸뚱일 갈랐다.

"삐익!"

그리고 정훈의 의지와는 상관없이 날아온 치느님이 탈란드라에게 덤벼들었다.

으적.

그리 크지 않은 부리를 놀려 가며 먹어치우기 시작했다. 거의 죽음 직전에 이른 탈란드라는 두려움에 떨기만 할뿐, 어떤 반항도 하지 못했다.

일전에도 본 적이 있는 현상이었다.

세계수를 지키는 지킴이 흐레스벨그를 먹어치우던 녀석의 모습이 다시 한 번 재현되고 있었다.

"삐익!"

순식간에 탈란드라를 먹어치운 치느님이 기쁨의 탄성을 내질렀다.

드드득-.

깃털이 뭉텅이로 빠지고 근육과 뼈가 뒤틀렸다.

치느님은 또 한 번의 변화, 아니, 진화를 겪고 있었다.

다음 권으로 이어집니다